Crimson Ink

Michaela Harich

Auflage, 2022

© Alea Libris Verlag, Wengenäckerstr. 11, 72827 Wannweil

Druck: CPI Ebner & Spiegel GmbH

© Covergestaltung: Juliana Fabula | Grafikdesign – www.julianafabula.
de/grafikdesign Unter Verwendung folgender Stockdaten: shutterstock.
com | Hintau Aliaksei; Kseniya Ivashkevich; ALEXSTAND; Fer
Gregory,depositphotos.com | Avesun und freepik.co

Dieses Buch ist nur dank der großartigen Community auf Twitch entstanden und weil meine Patreons mir den Glauben an mich selbst zurückgegeben haben. Danke!

Daher widme ich dieses Buch folgenden Menschen:

Chris

Ramon

Vulpecula

Aileana Chan

MrJoschman

Juliane - die schon an Einhorn1 aktiv beteiligt war

Lisa

WhiskyTalkPeter - wenn jemand Ahnung von Whisky hat, dann er

Christiana - die großartige Kujojae

Lunar Wingz

Frauke - irgendwann bekämpfen wir zusammen die Höhenangst!

Mandy

LaBeaBee - begnadete Fotografin

Helioke

Rösiline

Sara von Salis

MostlyNadine - reinhören!

Beads Fox

stressed_mommy

Tun Ewald

Sueschauerin - eines Tages wirst du
die Welt verbessern!

Janos Audron

Flogge_HH - unglaublich guter
Fotograf

Ariane Midnight - deine Geschichten
berühren!

Franziska

Grayfti

Mirar

Frodographie

Notfalldruide

Celeste Tempel - von dir kann jeder
von uns noch was lernen!

PieMcFly

St.Florian

Iptschi

Lafania

Normann

Natalie

Asteria

Flekto

Lilie der Nacht

Incardia

Oliver

Lauriel

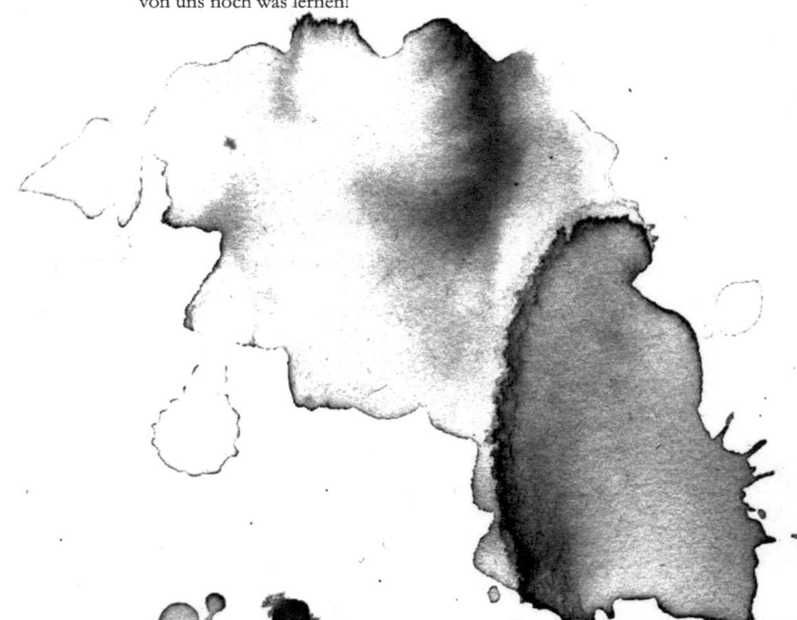

Raudka

Lena

Nicole

Tsukumo

Andor

Artur

Carolin

Zefiiel

Bei diesem Buch kam es zu keinerlei Verletzungen
der Tinten-Schutz-Verordnung der Mischu L. Icious.
Allerdings können wir nicht dafür garantieren, dass
etwaige Kugelschreiber zu Aufständen aufrufen, weil
wir sie schändlich missachten.

Dafür werden wir uns aber nicht entschuldigen.

Alle Macht den Füllern!

1.

Das Stimmengewirr der Studenten drang zu ihnen herauf. Nikolas und Daniel lehnten über dem Geländer, sahen hinunter auf das Gewusel in der Aula, das sich an den Treppen teilte. Dass sie sich ihren Kommilitonen überlegen fühlten, verbargen die beiden Brüder keineswegs. Nichts, dass die anderen das nicht merkten. Niemand schien großes Interesse daran zu haben, sich mit ihnen anzufreunden. Was die beiden aber nicht störte. Sie konnten gut ohne ihre, in ihren Augen zutiefst kindischen Kommilitonen auskommen. Nikolas war ein begnadeter Fußballspieler, sein Freundeskreis bestand aus jungen Männern, die eine grundsätzlich andere Einstellung zum Leben hatten als normale Studierende – YOLO war deren Lebensmotto und sie kosteten es voll aus –, während Daniel als Mitglied des Uni-Schwimmteams ebenfalls in Kreisen verkehrte, zu denen ihre Mitstudierenden keinen Zugang hatten. Das und die Arroganz, mit der sich die beiden Brüder umgaben, waren der Grund, warum sie von Gleichaltrigen gemieden wurde.

Im Gegensatz zu ihrer Schwester. Kristina war wie die golden leuchtende Sonnenblume inmitten langweiliger Stiefmütterchen, stets umschwärmt und umringt von Studenten wie Professoren, die sich in ihrem Licht sonnen wollten. Daher war es die Aufgabe der Brüder, ihre kleine Schwester zu beschützen. Vor allem und jeden, auch vor sich selbst.

Ein helles, warmes Lachen übertönte den Lärm der vielen nichtssagenden Stimmen. Nikolas und Daniel beugten sich automatisch weiter nach vorne, suchten nach der Quelle dieses Lachens. Der Blick ihrer

Schwester begegnete ihnen. Der Spott, der in ihren Augen tanzte, lenkte Daniel für einen Moment ab.

»Wer ist das neben Kristina?«, flüsterte Nikolas. Daniel neigte den Kopf. Neben seiner Schwester stand eine junge Frau, die er noch nie zuvor gesehen hatte. Oder hatte er sie bisher nur übersehen?

»Keine Ahnung«, antwortete er wahrheitsgemäß. Aber er würde es herausfinden. Niemals hatte ihn jemand so sehr fasziniert, geschweige denn jemand allein durch seinen Anblick so berührt. Daniels Blick wanderte über die junge Frau. Langes, lockiges Haar in einer so tiefroten Farbe, das ihn unweigerlich an frisch vergossenes Blut erinnerte. Eine zarte, milchfarbene Haut, die ihn dazu verlockte, sie zu berühren und wie das Kostbarste, das es auf Erden gab, auf Händen zu tragen. Meerblaue Augen funkelten wie Saphire zu ihm herauf, als sie dem Blick Kristinas folgte. Daniels Herz setzte einen Moment aus. Sie berührte ihn tief in seinem Inneren. Nervös begann er, mit dem Fuß zu wippen.

»Sie ist neu. Sie muss neu sein. Wie sonst hätte sie uns all die Zeit entgehen sollen?« Etwas in Nikolas' Stimme verriet ihm, dass dessen Jagdtrieb geweckt war. Daniel stieß sich ab, ging hinüber zur Treppe, die seine Schwester mit ihrer Freundin ansteuerte, und wartete auf der obersten Stufe. Sein Bruder gesellte sich zu ihm. Daniel bemühte sich, nichts anmerken zu lassen. Wenn sein Bruder merkte, dass es ihn nervös machte, würde er das seinen Jagdtrieb nur weiter anfeuern. Seit er Nikolas damals – unabsichtlich – die Freundin ausgespannt hatte, war dieser auf einem seltsamen Trip. Dass er tinderte und Buch darüber führte, war für Daniel nichts Neues. Dass Nikolas alles als Freiwild ansah, was sich bewegte, eine Vagina und Brüste besaß, war auch kein Geheimnis. Allerdings sträubten sich seine Nackenhaare, wenn er daran dachte, dass diese junge Frau an Kristinas Seite auch nur als eine Nummer in einer Excel-Tabelle enden könnte.

»Krissi!« Daniel stieß seine Schwester spielerisch an. »Lust auf 'nen Kaffee? Oder müsst ihr schon wieder ins Seminar? Und wieso lernen wir deine Freundinnen eigentlich nicht mehr kennen? Willst du uns nicht vorstellen?«

»Seit wann plapperst du schlimmer als jeder Rhetoriker? Ist ja traurig.« Kristina verdrehte die Augen. Allerdings huschte ein düsterer Ausdruck über ihr Gesicht. Eine unausgesprochene Warnung an ihre Brüder, das war ihm klar, aber Nikolas wahrscheinlich nicht. »Ich will ja nicht so sein – das ist Amelie. Amelie, das sind meine Brüder, Daniel und Nikolas.«

Amelie. Daniel lächelte. Ihr Name war ein Gut, das er tief in sein Herz schloss und niemals nie zurückgeben würde. Kristina räusperte sich unauffällig. Nikolas trat nach vorne, zog Amelie einfach in eine Umarmung und lachte dabei ein so widerlich dreckiges Lachen, dass Daniel ihm am liebsten eine verpasst hätte. Amelie schien sich auch nicht sonderlich wohl zu fühlen, sie wand sich aus den Armen seines Bruders und stellte sich ein wenig atemlos hinter Kristina. Daniel ballte die Hände zu Fäusten. Das fing ja schon mal richtig gut an. Wenn Nikolas jetzt auch noch witterte, dass er Konkurrenz hatte, würde er noch eine Schelle drauflegen.

»Okay, Jungs, ich finde euer neu erwachtes Interesse an meinen Freundinnen absolut nicht gruselig, und wenn ihr tatsächlich nichts Wichtiges zu sagen habt, würden wir uns noch einen Kaffee holen und was für unser Studium tun.« Kristina verdrehte die Augen, griff nach Amelies Hand und zog sie mit sich. Der Blick, den sie dabei ihren Brüdern zuwarf, sprach Bände, war eine unausgesprochene Warnung, Amelie in Ruhe zu lassen, doch die beiden ließen sich nicht davon beeindrucken. Warum auch?

»Sie weiß schon, dass wir uns notfalls auch in Amelies

Leben schreiben können?«, murmelte Nikolas und folgte den beiden. Daniel seufzte. Ob er wollte oder nicht – er musste ihnen hinterherlaufen. Nur dann konnte er Schlimmeres verhindern und Amelie vor seinem Bruder beschützen.

Am Kaffeeautomaten war seine Schwester sofort umringt von Studenten. Amelie stand etwas schüchtern neben ihr. Sie schien sich fehl am Platz zu fühlen, unsicher. Daniel ließ ihr einen Mocca raus und drückte in ihr in die Hand.

»Ich weiß nicht, welchen Kaffee du bevorzugst, aber es hilft in jedem Fall. Man kann sich gut am Becher festhalten und hat zumindest was zu tun und steht nicht einfach hilflos daneben, während die Menschenmenge Kristina bewundert.« Daniel lächelte Amelie an. Er hoffte, sie verstand ihn nicht falsch und hielt ihn für einen durchgeknallten Irren. Ihr dankbares Lächeln ließ sein Herz höherschlagen.

»Danke«, kam es kaum hörbar. Ihre Stimme war wie eine zarte Umarmung, hell, klar, warm. Sie nahm den Becher entgegen und sog den Duft des Moccas tief ein. »Ich mag Schokolade. Und Kaffee.«

Daniel glaubte, auf Wolken zu schweben. Gerade wollte er etwas sagen, als Nikolas sich neben sie stellte. »Wenn du wirklich guten Mocca probieren willst, komm zu uns nach Hause. Unsere Eltern haben sich einen dieser super krassen Vollautomaten besorgt.«

»Ihr wohnt noch bei euren Eltern?« Das Erstaunen in Amelies Stimme ließ Daniel prusten. Das war Nikolas' schwacher Punkt. Doch aufgrund ihres Familienproblems, wie Kristina und er es nannten, waren sie gezwungen, im

Elternhaus zu bleiben. Wie sonst sollte man diese große Sanduhr in ihren Zimmern erklären? Oder die Bücher, geschrieben mit Blut? Wobei das alles ja noch ging. Die überbesorgten Eltern, die immer wieder wissen wollten, wie viel Zeit ihnen noch blieb und wann sie vorhatten, endlich mit diesen Dummheiten aufzuhören, waren schwieriger zu erklären. Da war es einfacher, wenn ihre Eltern freien Zugang zu den von ihnen gewünschten Informationen hatten, Deshalb lebten sie noch zu Hause, damit sie nicht etwaigen Übernachtungsgästen romantischer Natur erklären mussten, wieso ihre Eltern viel zu oft bei ihnen auf der Matte standen. Daniel schüttelte den Kopf. Er hatte so schon Schwierigkeiten, wenn er jemanden zu sich einlud. Früher oder später verriet ihn meist irgendeine Kleinigkeit. Wie Nikolas das schaffte, wusste er nicht. Gut, jeder von ihnen hatte große Räume für sich, es war beinahe, als würde jeder für sich eine kleine Wohnung innerhalb des großzügigen Hauses bewohnen, aber dennoch traf man immer auf irgendein Familienmitglied, wenn man in die Küche ging. Und dann wurde genau überprüft, ob man das Familienproblem ausgenutzt hatte oder nicht.

»Also, wenn ich mir den Gesichtsausdruck deines Bruders so ansehe, dann kann das nicht so gut sein, wie du behauptest«, murmelte Amelie. Es schien, als wollte sie neben Kristina nicht auffallen. Oder hatte Kristina sich die Freundin so geschrieben, dass sie neben ihr automatisch in den Hintergrund rückte? Das konnte er sich eigentlich nicht vorstellen. Seine Schwester war einer der wenigen gutherzigen Menschen, die die Familie hervorgebracht hatte. Und wahrscheinlich würde sie wohl am längsten von ihnen allen leben. Vielleicht fand sie auch einen Weg, diese unsägliche Last von ihnen zu nehmen. Ein normales Leben – Daniel sehnte sich so sehr danach.

»Ach, der weiß nicht, wovon er spricht oder was er

auch nur denkt. Achte nicht auf ihn. Halte dich an mich – ich kenne die besten Orte in dieser Stadt. Für Leib und Seele, das kannst du mir glauben.« Nikolas trat ganz nah an Amelie heran, wollte ihr etwas ins Ohr flüstern. Doch in diesem Moment griff Kristina ein, die das Ganze beobachtet hatte, und umarmte Amelie betont spontan. »Du kommst einfach mal zu uns. Unsere Mutter kocht fantastisch und ja, Nikolas kann wirklich verdammt guten Mocca machen. Auch wenn er sonst nicht viel kann. Und Daniel hat eine beeindruckende Sammlung an Büchern. Bei uns wird es dir auf jeden Fall nicht langweilig.« Sie warf ihren Brüdern einen warnenden Blick zu. »Aber jetzt sollten wir uns beeilen. Das Seminar beginnt gleich.« Sie hakte sich bei ihrer Freundin unter und zog sie mit sich. Dass sie dabei ihren Fanclub stehen ließ, schien sie nicht groß zu interessieren. Warum auch? Der Großteil würde ihr sowieso folgen, denn sobald bekannt war, was Kristina studierte und belegte, konnte man davon ausgehen, dass alle Plätze restlos ausgebucht waren.

»Interessant.«

Daniel wandte den Kopf. Nikolas' Stimme hatte einen samtig weichen Klang angenommen.

»Bruderherz, du stehst doch wohl nicht auf die Kleine?«

»Und das glaubst du, weil …?« Daniel durfte sich nichts anmerken lassen, das wusste er. Nikolas klang jetzt schon, als wäre er bereit, für Amelie mehr als nur einen Tag seines Lebens zu setzen. Wenn er ihn in irgendeiner Form ermutigte, dann würde er vielleicht die Liebe seines Lebens verlieren und seinen Bruder. Und er wusste nicht, ob er beides ertragen konnte.

»Ich kenne dich gut genug. Wenn ich sie heiß finde, wird es dir genauso gehen. Und so wie du dich um sie kümmerst – da steckt mehr dahinter als reine Nächstenliebe. Lass uns doch schauen, wer sich besser in ihr Leben schreiben kann.« Das böse Lächeln aus dem Gesicht seines Bruders ließ ihn frösteln. Das war nicht gut, das war gar nicht gut.

»Ich weiß echt nicht, wie du auf die Idee kommst, dass ich Interesse an ihr habe. Du scheinst vergessen zu haben, dass ich meinen Schwanz durchaus in der Hose lassen kann, im Gegensatz zu dir. Wie lang ist deine Excel-Tabelle mittlerweile? Willst du nicht lieber einfach – ich weiß nicht, den Mädels Aufkleber verpassen, damit du nicht versehentlich die gleiche zweimal ins Bett holst?«

»Na, na, na. spricht da etwa der Neid aus dir, Brüderchen?« Lachend ging sein Bruder den Flur entlang. »Wir sehen uns heute Abend. Ich bin gespannt, was du vorhast. Und welche Begründungen du vorbringst, warum sie dich nicht interessiert und warum du dich trotzdem in ihr Leben schreibst.«

Daniels Hand wanderte in seine Hosentasche. Der kleine, aus seinem Finger geschnitzte Füller lag dort sicher und warm. Fest umklammerte er ihn. Dass er ihn immer so nah wie möglich bei sich trug, war vielleicht ein blöder Tick, aber es gab ihm Sicherheit. Die Sicherheit, die er genau in solchen Momenten brauchte. Er hatte seinen Füller damals unzerstörbar geschrieben, seine Schwester hatte ihn zu einem anschmiegsamen Schmuckstück werden lassen, das sie bei Bedarf vom Arm nehmen und benutzen konnte, und Nikolas – das wusste keiner. Sein Bruder spielte gerne mit seinem Leben, um seinen Füller immer wieder zu ändern   . Daniel atmete tief durch. Der Füller war seine Rettung. Wenn er merkte, dass mit Amelie etwas nicht stimmte, würde er eingreifen. Dann würde er ihr zur Rettung eilen, indem er sie in Sicherheit schrieb.

Und notfalls Kristina darauf aufmerksam machen. Wenn jemand wusste, wie man Nikolas aufhalten konnte – allein mit Worten –, dann sie.

2.

aniels Blick folgte seinem Bruder, als dieser verschwand. Was auch immer er vorhatte, es konnte nichts Gutes bedeuten. Nikolas hatte sich offensichtlich in den Kopf gesetzt, Amelie zu erobern oder sie zumindest so zu manipulieren, dass sie ihm verfiel. Er seufzte. Wie viele gebrochene Herzen wollte sein Bruder noch hinterlassen?

»Als ob du besser wärst.«

Daniel musste sich nicht umdrehen, um zu wissen, wer da gesprochen hatte. Die Geschwister hatten nicht viele Freunde, und die wenigen, die sie hatten, würden sie jederzeit erkennen. »Jörg, was willst du mir damit sagen?«

»Dass ihr beide euch nichts schenkt. Und wenn ihr wieder um so 'ne Kleine streitet, wird das echt nicht schön. Das letzte Mal saß das Opfer heulend bei mir, und meine Freundin hat mir die Hölle heiß gemacht.« Jörg lehnte mit verschränkten Armen am Kaffeeautomaten. »Ich find's nicht gut, was ihr da macht. Ich mein – ihr bringt euch damit selber um. Das ist es doch nicht wert, oder?«

»Du hast nur keinen Bock, Aufbauhilfe zu leisten«, murmelte Daniel. Er gab es nicht gern zu, aber sein Freund hatte recht. Nicht nur, dass sie eine junge Frau zerstörten, sie töteten sich tatsächlich auch systematisch selbst mit ihren, nun ja, Spielchen. In der Familienbibliothek, den verborgenen Büchern, hatte er gelesen, wie unachtsam seine Vorfahren mit ihrer Fähigkeit umgegangen waren. Woher sie kam, wusste niemand mehr. Vielleicht irgendein Irrer, der sich dem Teufel verschrieben hatte, oder ein durchgeknallter Nachfahre von Goethe oder Schiller, der auf einen alten Voodoo-Trick hereingefallen war. So wirklich wusste es also keiner, und es hatte all die Jahrhunderte auch niemanden interessiert. Sie alle waren dem Nutzen ihrer Fähigkeit verfallen, hatten sich selbst in den Ruin geschrieben, sich ins Verderben gestürzt und andere gleich mit. In jeder Generation hatte es zwar einen gegeben, der klug genug war, sich Ruhm und Ehre und Gold zu erschreiben, aber im Tausch dafür hatte er nie lang genug gelebt. Daniel runzelte die Stirn. Immerhin war so das finanziell sorgenfreie Überleben der Nachfahren gesichert worden, hatte er gelesen   . Einer pro Generation sorgte für Geld. Einer für Nachkommen. Einer für den Untergang.

Wer von ihnen würde für was sorgen?

»Darum geht es nicht. Also, nicht nur. Ich weiß, was dieser kranke Scheiß mit dir macht. Wie es dir geht, wenn du … naja, schreibst. Das ist nicht gesund. Du siehst danach immer aus, als hätte man dich durch den Fleischwolf gedreht.« Jörg musterte ihn. »Und ich nehme an, das hier wird wieder ein Battle zwischen dir und Nikolas?«

Daniel verzog das Gesicht. »Nicht, wenn ich es verhindern kann. Aber das wird wohl nicht möglich sein. Ich kenne meinen Bruder zu gut.«

»Wie viel Zeit bleibt dir noch? Genug, um dich mit ihm zu streiten? Sollten wir nicht lieber Kristina Bescheid geben?«

»Damit ich richtig Ärger bekomme, weil ich dich eingeweiht habe?« Daniel fuhr sich durch die Haare.

Jörg hatte ihn einmal dabei erwischt, wie er sich eines Problems »entschrieb«. Damals war er nicht drumherum gekommen, seinem besten Freund die Wahrheit zu sagen. Und dieser hatte ihm erst geglaubt, als er ihm einen sehr – im wahrsten Sinne des Wortes – handfesten Beweis geliefert hatte.

Was ihn eine Woche seines Lebens und höllische Schmerzen gekostet hatten. War aber auch seine Schuld gewesen, sauberes Schreiben war nicht seine Stärke und je unsauberer man mit dieser Fähigkeit arbeitete, desto höher war der Preis.

Aber immerhin hatte er nun einen Vertrauten außerhalb seiner Familie. Nicht einmal seine Schwester, das Sonnenkind der Familie, hatte sich jemals einem Menschen so weit geöffnet, dass sie jemandem das Geheimnis ihrer besonderen Fähigkeit anvertraut hatte.

»Ne, jetzt mal ehrlich. Das ist nicht gut. Halt dich da raus. Wenn du Nikolas zu weit treibst, bringt er sich selbst um. Und wenn du dich zu sehr mitreißen lässt, bringst du dich um. Ey, das ist keine Alte dieser Welt wert.«

»Charmant.« Daniel ließ sich noch einen Kaffee aus dem Automaten. »Niko hat nicht mehr so viel Zeit, da bin ich mir sicher. Ich glaube nicht, dass er es bis zum Äußersten kommen lässt – er wird nicht all seine Lebenszeit in die Eroberung Amelies stecken. Zumindest hoffe ich, dass er noch genug Verstand in seinem Dickschädel hat.«

»Sicher, dass du nicht mit euren Eltern drüber reden willst?«, fragte Jörg, als sie zusammen das Gebäude verließen. »Ich mein, die kennen sich damit aus, die wissen, was zu tun ist. Und sie kriegen deinen Bruder vielleicht in den Griff oder haben genug Lebenszeit übrig, um ihn in den Griff … zu schreiben.«

»So funktioniert das nicht, das weißt du. Es muss alles passen. Jede Änderung muss genau abgestimmt sein, damit sie wirkt und das kostet Zeit, das kostet viel Recherche. Ich kann nicht einfach hingehen und irgendwas schreiben.«

»Wieso? Bei mir hat's doch auch funktioniert.«

»Das war … Ich hab …« Daniel suchte nach den richtigen Worten. Er hatte Jörg damals in groben Zügen erklärt, was er konnte, wozu er in der Lage war und was es ihn kostete. »Komm. Ich zeig dir was.«

»Oho, werde ich in die düsteren Geheimnisse der Familie Sommerfeld eingeführt?« Jörg schien ihn nicht ernst zu nehmen, mal wieder. Daniel hob eine Augenbraue, als er seinem Freund einen vielsagenden Blick zuwarf.

»Ja. Mit allem, was dazu gehört. Du weißt, wie meine Fähigkeit funktioniert. Wird Zeit, dass du dich damit mal intensiver beschäftigst.«

Immer, wenn er auf sein Elternhaus zuging, fühlte er sich unwohl. Groß, ein wenig zu sehr auf moderne Architektur getrimmt und irgendwie zu weit über der Stadt, auf einem Hügel oder Berg, um dazuzugehören. Es schien einfach wie ein inoffizielles Schloss über den Bewohnern Karlsruhe zu thronen. Jede Generation renovierte das große Anwesen, baute es aus, ließ es in einem völlig neuen Glanz erstrahlen – und bisher hatte noch keiner Geschmack bewiesen, wenn es um Design ging. Sollte er der Überlebende sein, würde er – ja, was? Das Ganze noch mal umbauen lassen? Oder einfach mit den Erinnerungen an seine Eltern und seine Geschwister leben? Sie sich zurückschreiben, sie bei sich behalten? Daniel wusste selbst nicht, ob es möglich war, sich die Verstorbenen als Geister wieder zurück zu schreiben. Wirklich viel hatte er dazu noch nicht gelesen und seit er studierte, war die Recherche in diesem Bereich ein wenig in den Hintergrund gerückt. Vielleicht ließ sich das ja ändern, wenn er Jörg in den verbotenen Büchern stöbern ließ.

»Alter! Das ist richtig krass geworden! Wen hat deine Mutter engagiert, um den Kasten aufzumöbeln?« Jörg blieb staunend vor dem schmiedeeisernen Tor stehen.

»Das ist der Wahnsinn!«

Zugegeben, die geometrischen Formen, die Glasfronten, die bunte Vielfalt der Blumen hatte schon etwas Surreales, aber die Stadtvilla im Landhausstil hatte ihm mehr zu gesagt als der moderne kubistische Kasten. Auch wenn die Dachterrassen ziemlich cool waren.

»Ja, ja. Mega toll, super stylisch. Richtig gemütlich, blabla«, murmelte Daniel. »Konzentrier dich.«

»Hat sie auch den Pool und den Wintergarten erneuern lassen? Ich mein, ihr habt in das wohl abgefahrenste Haus in der ganzen Gegend! Ich glaub, es würde reichen, wenn du Fotos deines Hauses verteilen würdest, und die Weiber würden dir ihre Höschen hinterherwerfen. Oder anderes.«

»Ja, und das *oder anderes* macht mir überhaupt keine Angst.« Daniel schüttelte lachend den Kopf über seinen Freund. »Manchmal bist du auf demselben Humorlevel wie meine Schwester. Irgendwo zwischen präpubertär und mitten in der Pubertät.«

»Hey, die Stuhlwitze deiner Schwester sind immer noch die lustigsten Flachwitze, die ich jemals gehört habe«, verteidigte sich Jörg.

»Und das macht es jetzt besser?« Daniel öffnete das Tor mit dem Code und wartete, bis Jörg hindurch gegangen war. Dann ließ er es wieder schließen.

»Der Garten! Alter, ist das eine Blumenschaukel?«

»Setz dich halt drauf und find's raus. Entweder sie trägt dich oder sie trägt dich nicht.«

»Ach?«

Den Rest des Weges die Auffahrt hinauf schwiegen sie. Daniel fühlte sich immer ein wenig unwohl, wenn ihn jemand zu Hause besuchte. Der Reichtum, der wie selbstverständlich zur Schau gestellt wurde, war einfach zu offensichtlich, zu viel. Es war ihm unangenehm. Doch eigentlich gab es keinen Grund für. Seine Eltern spendeten viel, seine Familie hatte die Stadt mitaufgebaut.

Allerdings machten sie kein großes Theater darum. Man las von ihnen nie etwas in der Zeitung, sie hielten sich bedeckt und im Hintergrund, lebten zurückgezogen. Auch wenn sie ihren Reichtum, der über Generationen hinweg angehäuft worden war, zumindest am Anwesen offen zur Schau stellten, so wollten sie nicht in die Angelegenheiten der Städter hineingezogen werden. Das hatte in der Vergangenheit noch nie gut geendet.

Und verlangten das auch von ihren Kindern. Daniel wusste nur nicht, warum. Sie waren auch dagegen gewesen, dass er und Nikolas in die Sportteams gegangen waren, verbaten den Reportern auf den Events ihre Namen zu nennen, ließen sie überall rausstreichen, wo sie in den Fokus der Öffentlichkeit geraten konnten. Kristina witzelte immer darüber, dass das daran lag, dass die beiden neben Reichtum nicht auch noch Ruhm wollten, aber Daniel glaubte nicht daran. Es musste mehr dahinterstecken, als sie bereit waren zuzugeben, und er würde es herausfinden. Irgendwann, irgendwie . Vielleicht sollte er mit seiner Mutter darüber sprechen? Eventuell ließ sich diese dazu hinreißen, mehr zu erzählen als bisher.

3.

Daniel ließ ihnen zwei Kaffee aus dem Vollautomaten, bevor er mit Jörg in die Bibliothek ging. Dass niemand zu Hause war, war nicht sonderlich überraschend. Seine Eltern arbeiteten, obwohl sie sich das Geld auch einfach auf ihr Konto schreiben konnten – zumindest ihre Mutter. Sein Vater arbeitete bei Porsche, seine Mutter im Marketing irgendeiner schicken Agentur, typisch süddeutsches Arbeitsverhalten. Dass ihre Kinder die Kreativität nur in Form ihrer Fähigkeiten ausdrückten, ärgerte seine Mutter, aber es ließ sich nicht ändern. Er selbst hatte sich nie groß Gedanken darüber gemacht, was er aus seinem Leben machen wollte. Daniel war sich nicht einmal sicher, lange genug zu leben.

»Wie viel Zeit bleibt dir noch?«, fragte Jörg, als ob er just in diesem Moment seine Gedanken gelesen hatte. Daniel hatte ihm alles gezeigt – wie die Fähigkeit funktionierte, wie sein Knochenfüller aussah und auch die Sanduhr, seine Sanduhr. Seine Lebenszeit.

»Naja, wenn ich nie wieder etwas schreibe, sollte ich zumindest die 50 erreichen.« Daniel balancierte die Tassen ziemlich ungeschickt. Die Wärme wanderte in die Henkel, was langsam unangenehm wurde. »Ich hab's am Anfang ein wenig übertrieben.«

Jörg schnaubte. »Das glaub ich gern. Ich mein, du hast allein eine Woche deiner Lebenszeit darauf verschwendet, mich zu überzeugen.«

Daniel nickte. »Und davor hab ich mir halt … Sachen gegönnt. Nikolas auch. Kristina auch – wobei sie es nicht so übertrieben hat.« Nikolas hat sein gesamtes Aussehen verändert, um sich von seinem Zwillingsbruder zu unterscheiden. Geboren mit haselnussbraunem Haar, warmen, grünen Augen und einer honigfarbenen Haut, wie ihre Mutter immer gerne betonte, hatte Nikolas sich selbst zu blond, braun gebrannt und blauäugig geschrieben, um sich mit aller Macht von seinem Bruder abzuheben. Kristina war es ähnlich gegangen. Eine Zeit lang hatte sich seine Schwester die Haare in allen Farben geschrieben – Farben, in denen sie ihre Haare niemals dauerhaft hätte färben können.

Sie waren so dumm und verschwenderisch mit ihrem Leben umgegangen. Mittlerweile hatte sie sich für karamellfarbene Haare entschieden, mit, wie sie sagte, Akzenten aus Vanille und ebensolchen Augen. Damit sie umschwärmt wurde, als wäre sie der Honigtopf, den alle Bienen haben wollten, aber keiner bekam. Soweit er sich erinnern konnte, hatte seine Schwester noch nie einen Freund gehabt. Nicht, weil es ihr an Gelegenheiten gemangelt hatte, sondern weil Nikolas und er dafür gesorgt hatten, dass es nie dazu kam. Niemand war gut genug für sie. Niemand würde jemals gut genug für sie sein.

Zusammen betraten sie die Bibliothek und fläzten sich in die gemütlichen Sessel. Zumindest hier hatten seine Eltern nichts verändert. Es sah immer noch so aus, als wäre seit mehreren hunderten Jahren die Zeit stehen geblieben. Kaminfeuer, gemütliche Sessel, deckenhohe Regale voller Bücher.

»Und wo fangen wir an? Was willst du mir zeigen, was muss ich unbedingt lesen?« Jörg streckte sich in dem Sessel und versank in den weichen Kissen. »Soll ich jetzt all eure schmutzigen Geheimnisse lesen?« »Naja, eher, was wir so alles mit unseren Fähigkeiten können und wie sie funktioniert. Eines Tages war mal einer so klug und hat das aufgeschrieben. Wir sind alle sehr stolz auf ihn, denn seitdem wird uns der richtige Umgang mit unserer Fähigkeit beigebracht.«

Daniel stellte die Tassen ab und ging zu einem Regal hinter einer Glasfront, die durch einen Zauber daran gehindert wurde, von jemandem außerhalb der Familie geöffnet zu werden. Er hielt seinen Knochenfüller gegen das Glas und wartete. Er wusste nicht genau, wie die magische Barriere funktionierte, aber irgendwas mit Blut, Knochen, DNS und Magie war es, was das Glas dazu brachte, sich aufzulösen und vorübergehend in einer anderen Dimension gelagert zu werden. Daniel wusste nicht, wie dieser Zauber funktionierte, doch sobald er sich vom Regal entfernte und seinen Füller an die Stelle hielt, an der die Barriere zu sein hatte, materialisierte sie sich wieder. Seine Vorfahren waren sehr geschickt gewesen, wenn es darum ging, Dinge vor Familienfremden zu verbergen. Viele Geheimnisse hatte er selbst noch nicht erkundet – und in diesem riesigen Haus gab es viele davon, da war er sich sicher. Nervös zog er ein dickes, abgegriffenes Buch heraus. Daraus hatten sie all ihr Wissen gezogen und nun würde es Jörg vielleicht einige Fragen beantworten. Daniel reichte es seinem Freund und sah sich nach einem anderen Buch um. Das Regal war voll von Wälzern, die seine Vorfahren mit ihrem Blut und Leben geschrieben hatten. Immer wieder las er in ihnen, um vielleicht doch hinter das Geheimnis zu kommen, warum sie konnten, was sie konnten. Aber eine wirklich befriedigende Antwort hatte er nicht bekommen. Wenn er genau darüber nachdachte, gab es so viel, was er wissen wollte, worauf es aber keine Antworten zu geben schien. Hatte niemand jemals gefragt, woher diese Fähigkeit kam? Hatte niemand jemals versucht, sein eigenes Leben zu verlängern und sich unsterblich zu schreiben?

»Du grübelst so laut, ich kann die Rädchen in deinem Kopf arbeiten hören.« Jörg blätterte in dem Buch, den Blick auf Daniel gerichtet. »Lass uns zusammenarbeiten. Wir kriegen das schon raus. Vier Augen sehen mehr als zwei.«

»Wir dürfen uns nur nicht erwischen lassen«, murmelte Daniel. Wenn jemand aus seiner Familie mitbekam, dass er einen Außenstehenden ihre Bücher lesen ließ, dann war vermutlich nicht seine Fähigkeit der Grund, warum er sein Leben verlor.

Kristina blies die Backen auf, während sie mit Amelie in die Bibliothek ging. Sie wollten eigentlich zusammen lernen, das war der Plan gewesen, doch seit Amelie das Haus betreten hatte, kannte ihre Freundin nur ein Thema. Nikolas.

»Er ist so schön! Und so klug! Und wenn er rennt, scheint der Wind ihn zu umschmeicheln und die Sonne ihn auf eine ganz besondere Art zu beleuchten.« Amelie drehte sich um die eigene Achse, die Arme ausgebreitet. Sie war wie verzaubert – was der Wahrheit entsprach. Es war offensichtlich, dass ihre Brüder die Finger im Spiel hatten und Amelie die wundervollsten Erscheinungsbilder in den Kopf schrieben. »Sein Haar leuchtet wie Gold!«

»Du weißt schon, dass du von meinem Bruder sprichst? Ich weiß, wie er aussieht«, murmelte Kristina leise. »Und ich weiß, wie er mal aussah«, fügte sie kaum hörbar hinzu. Doch sie hätte es auch laut aussprechen können, Amelie schien sie nicht zu hören. Die Schwärmerei über Nikolas schien einfach kein Ende zu finden – nicht einmal, als sie die Tür zur Bibliothek aufstieß. Dabei raubte der Anblick den meisten Besuchern den Atem. Regale an den Wänden, mitten im Raum als Raumteiler, überall Sessel und Tischchen, und ein großer Kamin erweckte den Eindruck, in einer komplett anderen Zeit gelandet zu sein. Es hatte etwas Magisches.

Kristina liebte diesen Raum. Unzählige Stunden hatte sie hier verbracht, hatte alles über ihre Vorfahren gelesen, über ihre Fähigkeit, den Fluch, alles. Sie war vorsichtiger geworden, wenn es ums Schreiben ging. Deshalb hatte sie noch am meisten Zeit übrig, was kein Geheimnis war. Dass ihre Brüder ihre Sanduhren vor ihr versteckt hielten, hatte sie noch nie daran gehindert, diese zu finden. Nikolas' verbleibende Zeit war besorgniserregend, aber ihn zur Vernunft zu bringen, war unmöglich. Daniel hatte sich gefangen, seine Zeit war nach dem großen Wettbewerb um – sie hatte den Namen der jungen Frau vergessen, um die ihre Brüder sich gestritten hatten – nicht mehr so stark geschrumpft. Amelie würde das wohl aber ändern.

»Und wenn er lacht, klingt es, als würden die Götter selbst -«

Kristina verdrehte die Augen. Sie verstand nicht, wie man sich so in einer Schwärmerei verlieren konnte. Irgendwie war sie froh, noch nie verliebt gewesen zu sein. Wenn es bedeutete, dabei das IQ-Niveau eines RTL2-Zuschauers zu bekommen, verzichtete sie dankend darauf. Sie mochte sich mit funktionierendem Gehirn und Eloquenz.

»Und wenn er spricht, dann ist das -«

»Ach komm, jetzt ist gut.« Kristina rieb sich die Schläfen. »Nikolas ist mein Bruder. Wenn du mir noch erzählst, dass er Gottes Geschenk an die Frauen in Sachen Sex ist, werfe ich dich aus dem Fenster.«

Amelie lachte. »Du bist so lustig. Fast so lustig wie Nikolas.«

Kristina verengte die Augen zu Schlitzen. Das war wirklich zu viel des Guten. Hier stimmte etwas nicht. Sie griff nach dem Arm ihrer Freundin und zog sie in die Bibliothek. »Los, wir wollten lernen und mich nicht zum Kotzen bringen.«

Amelie kicherte. Es war das albernste Geräusch, das Kristina jemals gehört hatte. Immerhin ließ sie sich widerstandslos mitziehen, hörte aber nicht auf, über Nikolas zu schwärmen.

Jörg und Daniel wechselten einen Blick. Sie saßen zwischen mehreren Regalen, wie ein einer Nische, und hörten das unablässige Geplapper Amelies.

»Die hat es echt heftig erwischt, wenn ich das richtig verstehe. Hab deinen Bruder gar nicht so toll in Erinnerung, wie sie ihn beschreibt. Haare wie Gold, ein Lachen wie ein Engel, Gottes Geschenk an die Frauenwelt – ich kotz gleich.«

»Dann aber bitte nicht auf die Bücher«, bat Daniel. Das Süßholzgeraspel war echt schwer zu ertragen. Er wusste aber, dass das definitiv nicht normal war. Nikolas hatte also nicht gezögert, Amelie in sein Leben zu schreiben – oder umgekehrt, nicht, dass er besser gewesen wäre. Daniel hatte ihr auch poetische Bilder seiner Erscheinung in den Kopf gesetzt, damit sie sich in ihn verliebte, nicht in Nikolas. Er seufzte. Eigentlich sollte er sich heraushalten, aber dafür hatte sie sein Herz zu sehr berührt, sich mit nur einem Lächeln hineingeschlichen. Ihr den freien Willen nicht zurückzugeben, wäre grausam.

»Ich sehe doch, dass du was vorhast! Was ist los?«, fragte Jörg. Daniel hob den Kopf. »Sie ist nicht sie selbst.«

»Nikolas?«

»Jep.« Daniel nickte bestätigend.

»Und was hast du jetzt vor?«

»Wir gehen in mein Zimmer. Ich muss … Ich muss schreiben. Ich kann das nicht zulassen. Er darf damit

nicht durchkommen. Nicht noch einmal!« Daniel klappte das Buch zu. »Wir nehmen die Bücher mit.«

»Sag mal, ist das wieder so ein Schwanzvergleich-Ding? Oder machst du dir etwa was aus der Kleinen? Normalerweise ist dir doch egal, ob Nikolas sich die Weiber schriftlich gefügig macht.«

»Naja, normalerweise sucht er sich auch so hirnlose Püppchen aus, die alle austauschbar sind. Aber Amelie … Sie ist was Besonderes.« Daniel beugte sich nach vorne. »Ich weiß auch nicht. Als ich sie heute das erste Mal gesehen hab, da war es, als würde die Sonne aufgehen und endlich Licht in mein Leben kommen. Weißt du, was ich mein?«

»Das erste Mal gesehen? Sie studiert mit deiner Schwester seit drei Semestern und ist hier schon öfters gewesen als ich. Sie hat sich nur über die Semesterferien ziemlich verändert.« Jörg schnaubte. »Und ich glaube, Kristina weiß das besser als jeder andere.«

»Wie meinst du das?«, seine Stimme zitterte ein wenig. Daniel hoffte, dass Jörg sich irrte. Hatte Kristina wirklich mit Amelies Leben gespielt?

»Die war früher mausgrau. Blasse Haut, wässrig blaue Augen, so'n dreckiges Blond. Mollig. Ehrlich, im Bierkeller wurde sie Straßenbomber genannt, weil sie echt massig war. Und nun? Schlank, schön, beliebt. Alter, erzähl mir nichts. Ich will nicht wissen, wie viele Jahre Kristina dafür geopfert hat.«

»Echt jetzt?« Daniels Blick wanderte zu den beiden Freundinnen. Kristina sah zutiefst genervt aus. Sie hatte ihr Gesicht auf eine Hand gestützt und verdrehte immer wieder die Augen, sobald Amelie zu einer neuen Schwärmrede ansetzte. Und Amelie – sie war einfach umwerfend. Doch einige Gesten, Mimen kamen ihm bekannt vor. Die Art, wie sie ihre Hand vor den Mund hielt, wenn sie kicherte. Wie sie errötete. Wie sie an ihrer Kette spielte. Hätte Jörg ihn nicht drauf hingewiesen, wäre ihm das wohl nicht aufgefallen. Aber so? Inzwischen bemerkte er es. Amelie war tatsächlich schon öfters hier gewesen. Mit einem anderen Aussehen. Einem, bei dem weder Nikolas noch er reagiert hätten.

Waren sie so oberflächlich? Er stand auf, wollte sich das nicht weiter anhören, sich nicht weiter darüber Gedanken machen, wie er die Freundin seiner Schwester übersehen und eben erst bemerken konnte. Ein wenig fühlte er sich schuldig, aber ändern ließ es sich nicht mehr. Amelies verändertes Aussehen hatte dafür gesorgt, dass er sie nun bemerkte. Kristina sah auf, als sie ihre Sachen nahmen, und hob eine Augenbraue, als sich ihre Blicke begegneten. Seine Schwester schien zu wissen, was los war, schien zu wissen, dass Nikolas seine Finger, oder eher seinen Füller, im Spiel hatte, und dass Daniel etwas dagegen unternehmen wollte. Er zog den Kopf ein, schlich aus der Bibliothek, bevor Amelie bemerken konnte, dass er sie die ganze Zeit gehört hatte. Kristinas Blick spürte er noch überdeutlich im Rücken, als er die Tür hinter sich zuzog. Jörg schüttelte den Kopf.

»Hast du schon mal versucht, mit nem Mädel zu flirten und sie so für dich zu gewinnen? Sie einfach zu erobern, anstatt dich in ihr Leben zu schreiben?«

»Ja, klappt auch immer so gut. Krieg das ja nicht mal auf Tinder geschissen.« Daniel steuerte sein Zimmer an. Die Bibliothek war so hoch, dass sie auf dem gleichen Stockwerk lag wie seine Räume. Dennoch musste er Treppen steigen, um sie zu erreichen. Und just eben fiel es ihm schwer, die Stufen zu erklimmen. Was er vorhatte, war riskant und dumm, das wusste er. Jörg hatte völlig recht. Es sprach eigentlich nichts dagegen, es auf dem normalen, nicht-magischen Weg zu probieren. Nur — warum kompliziert, wenn es auch einfach ging?

Mit großen Schritten durchquerte er sein Zimmer, bat Jörg, die Tür zu schließen und holte ein Notizbuch sowie seine Sanduhr hervor. Sein Herz schlug wild in seiner Brust, als er sich setzte und seinen Füller zückte. Das erste, was sie damals alle geschrieben hatten, war das Nachwachsen des Fingers, aus dem der Füller gemacht wurde. Das zweite war die Manipulation, damit sie nicht das eigene Blut brauchten. So konnte er jederzeit schreiben, ohne ein Blutbad anzurichten. Oder sich selber zu schlachten. Das vereinfachte vieles – und gerade jetzt kam ihm das wieder einmal zugute.

»Jedes Mal aufs Neue krass, dir dabei zuzugucken«, murmelte Jörg und zog sich einen Stuhl ran, um sich neben Daniel zu setzen. »Das ist so, so krass!«

Daniel begann zu schreiben.

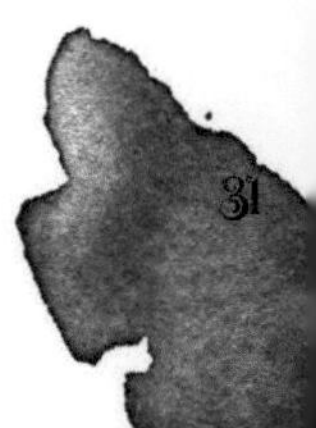

4.

Kristina überlegte kurz, ob es okay wäre, Amelie ohnmächtig zu schlagen. Sie schwärmte so ausgiebig und wiederholend von Nikolas, dass sogar Schmalzschnulzenkönigin Helene Fischer irgendwann zusammengebrochen wäre. War vielleicht der Geist von Rosamunde Pilcher in ihre Freundin gefahren? War sie von einer absurd-abstrakten Version von Aphrodite besessen und versuchte, Liebe zu verteilen, wo immer sie sie fand? Oder wollte sie nur die Geduld ihrer besten Freundin testen? So oder so würde sie ihr gleich etwas an den Kopf werfen, damit sie die Klappe hielt und nicht länger von Nikolas sprach, als wäre er die Erlösung für all die frustrierten, untervögelten Frauen dieser Welt.

Es gab einfach Grenzen. Und eine davon war die Vorstellung ihrer Brüder als sexuell aktive Wesen.

Natürlich wusste Kristina von Nikolas' Excel-Tabelle und auch, dass Daniel ebenfalls kein Unschuldslamm war, aber sich einen der beiden mit ihrer besten Freundin vorzustellen, ging dann doch zu weit. Sie hätte niemals, niemals ihrer Freundin ein neues Aussehen verleihen dürfen. Aber die Selbstzweifel, der Selbsthass und der Abscheu in den Augen Amelies, wenn sie von sich selbst sprach oder sich selbst im Spiegel betrachtete, hatten ihr jedes Mal das Herz aufs Neue gebrochen. Dass sie viel riskiert und wirklich lange gebraucht hatte – sorgfältiges Schreiben für Bodymodifikationen war einfach nichts, was sich übers Knie brechen ließ –, um ihrer Freundin zu helfen, wurde ihr gedankt mit schlagerähnlichen Hymnen auf Nikolas. Sie wollte Amelie zu einem neuen Start verhelfen, und nicht sich selbst zu einem gratis Abführmittel.

»Er ist so toll. Wenn die Sterne und der Mond am Himmel stehen, dann strahlen sie mit seinen Augen um die Wette.«

Alter, nicht dein Ernst? Kristina schüttelte sich. Lang hielt sie das nicht aus.

»Daniel ist so toll. Als er mir den Kaffee gereicht hat, hatte ich das Gefühl, einen Stromschlag zu bekommen. Mein Herz hat einen Moment ausgesetzt. Er ist so toll.«

Kristina runzelte die Stirn. Was? Was?!

»Ich habe noch nie jemanden getroffen, der so sanft und lieb und gleichzeitig stark und beschützend ist wie er. Daniel ist toll. Er ist wie ein kuscheliger Fels in der -«

Kristina blendete Amelie aus. Der abrupte Wechsel von Nikolas zu Daniel hatte nur eines zu bedeuten: beide Brüder spielten mit Amelies Gefühlen — und ihrem Verstand. Sie rieb sich den Nacken. Das würde niemals gut ausgehen. Einer der drei würde an diesem gefährlichen Spiel zerbrechen und das war sicher keiner ihrer Brüder.

»Hey, Ams, was hältst du davon, wenn du heute hier übernachtest? Dann können wir auch mal länger -« Und wenn sie noch einmal sagte, wie toll doch einer ihrer Brüder war, war sich Kristina nicht sicher, wie lange und wie laut sie zu schreien beginnen würde.

»Und ich kann länger bei deinen Brüdern sein, nicht wahr? Oh, Nikolas ist so toll .« Amelie klatschte in die Hände. Kristina hätte das auch gern getan, aber sicher keinen Beifall und eher Amelie ein, zwei Watschen verpasst, damit diese wieder klar denken konnte. »Und Daniels Lächeln ist wie warme, flüssige Schokolade, einfach herrlich süß und zum niederknien.« Amelie schüttelte den Kopf, als bemerkte sie, wie schnell sie zwischen den Brüdern wechselte. Kristina beobachtete sie angespannt und biss sich auf die Lippe. Der leere Ausdruck in ihren Augen wich purer Liebe und Hingabe – schneller, als sie einen Atemzug nehmen vermochte.

»Kristina, ich versteh' nic- oh, wenn sich Nikolas als Nikolaus verkleidet, dürfte er mir auch mit der Rute den Hintern versohlen.«

Kristina verzog das Gesicht. Es fehlte nur noch, dass Amelie zu sabbern begann. Dann würde sie sie mit Büchern prügeln, bis ihr Kopf wieder funktionierte. Oder sich einfach so laut übergeben, dass sie dieses Geschwurbel nicht mehr hören musste. »Muss das sein? Ich kriege diese Bilder sicher nicht mehr aus meinem Kopf!«

»Für Daniel würde ich ans Ende der Welt und zurück laufen, damit wir für immer zusammen sein können.« Amelies Wechsel waren neben all dem, das sie von sich gab, zu viel für sie. Kristina biss sich auf die Lippe. Das war nicht gut. Ihre Brüder schrieben sich wohl gerade selber in den Tod und zerstörten währenddessen so ganz nebenbei Amelies Verstand. Das musste sie irgendwie verhindern, sie wusste nur nicht, wie. Gegen ihre Brüder anzuschreiben war sinnlos. Dafür musste sie wissen, was die beiden schrieben, wie sie sich in das Leben ihrer Freundin hineinbringen wollten. Nur so konnte sie effektiv der Magie entgegenwirken. Alles andere würde den Effekt nur verstärken und verschlimmern. Etwas, was sie unbedingt verhindern wollte.

»Amelie, du magst doch eigentlich keinen der beiden. Oder kennst sie wirklich? Denk doch mal nach, was du da sagst.« Kristina versuchte es mit Vernunft. Was in etwa wohl so erfolgreich war, wie einem Schwaben Hochdeutsch beizubringen.

»Ich würde sie aber gerne kennen lernen. Daniel ist sicher … Nikolas ist sicher …« Ihre Augen drehten sich nach oben, sodass Kristina das Weiß sehen konnte. Shit! Kristina fluchte innerlich. Das nahm sehr ungesunde Ausmaße an – und das viel, viel zu schnell.

»Ams, komm mit. Ich mach dir einen Tee, dann bring ich dich zu Daniel. Oder Nikolas.« Oder in die nächste

Klapse. Sie griff nach Amelies Arm und zog sie mit sich, was diese nicht zu stören schien, denn sie plapperte weiter unzusammenhängend von ihren Brüdern.

Es wurde von Aussage zu Aussage absurder und schwerer zu ertragen. Auch für ihre geistige Gesundheit musste sie zusehen, dass sie die Situation schnell geregelt bekam. Immerhin hatte sie noch nicht lesen können, dass einer ihrer Vorfahren sich erfolgreich aus einem Mord geschrieben hatte, also durfte sie es nicht so weit kommen lassen.

Daniel schrieb und schrieb. Seine Hand schmerzte. Mit jedem Wort, das auf dem Papier erschien und in sattem Rot glitzerte, fiel ihm das Atmen schwerer. Sein Herz verkrampfte sich. Seine Knochen ächzten. Jedes Wort saugte Lebenskraft aus ihm heraus.

Der Preis seiner Fähigkeit, seiner Magie.

»Alter. Das ist nicht gut, oder? Dein Stundenglas leuchtet. Und es leuchtet definitiv nicht in 'nem coolen Star Wars-Licht, sondern in 'nem »Fick dich, du wirst sterben«-Licht. Ich mein, das letzte Mal, als du gegen Nick angeschrieben hast, hat es rot geleuchtet und jetzt in diesem Jedi-Blau. Das ist schon cool, aber bist du dir sicher, dass du weißt, was du da tust?« Jörg schubste Daniel, als dieser nicht reagierte und unbeirrt weiterschrieb.

»Alter, Daniel! Hör auf damit!« Jörg schubste ihn vom Stuhl. Füller, Freund und Papier flogen zu Boden.

Daniel schrieb weiter, ohne sich daran zu stören, dass er auf dem Boden gelandet war. »Scheiße! Ich hab … Ich konnte nicht dran bleiben. Fuck!«

»Dani? Jo, Dani, das ist … Ich sag's deinen Eltern!

Ich sag's Kristina! Hör endlich auf damit!«, rief Jörg verzweifelt.

Nikolas grinste zufrieden. Sein Stundenglas leuchtete bedrohlich. Immer mehr Sand rieselte hindurch. Ja, vielleicht würde er nicht älter als 27 werden, aber wen kümmerte das schon? Er hatte alles gesehen und erlebt, was er sich vorstellen konnte – und zumindest nicht zu viel Aufmerksamkeit erregt, wenn er sich diese Dinge in die Wirklichkeit schrieb. No regrets, das würde er auf seinen Grabstein meißeln lassen, das war sicher. Und wenn Daniel glaubte, er würde gegen ihn gewinnen können – da musste er noch viel mehr Zeit mit seinen Büchern verbringen. Warum er sich nicht einfach all das Wissen, was er haben wollte, in den Kopf geschrieben hatte, war ihm ein Rätsel. Lesen! Zeitverschwendung. Mit all der Zeit, die Daniel mit Büchern verbracht hatte, hätte er auch viel Besseres anstellen können. Ficken für den Weltfrieden, wie es Kristina immer abfällig bezeichnete, wenn einer seiner One-Night-Stands am Frühstückstisch auftauchte oder ihm weinend in der Uni hinterherlief. Lächerlich. Die beiden wussten nicht, wie man richtig lebte. Kein Wunder, dass sie länger leben würden. Und dabei so viel verpassen.

Plötzlich flog die Tür auf.

»Nikolas! Hör auf damit!« Kristina warf ihm etwas Schweres an den Kopf. »Ich hab' nicht so viel Zeit geopfert, um sie glücklich zu machen, damit ihr zwei Idioten ihren Verstand vernichtet! Hör sofort auf! Such dir jemand anderes. Gibt's keine Tinder-Bitches, die du – wie sagst du das immer? – zerficken kannst?«

Nikolas streckte sich, legte den Füller beiseite und

wandte sich um. »Nicht direkt.«

»Was willst du damit sagen?«, fuhr ihn seine Schwester an.

»Dass ich deine zugedröhnte kleine Freundin in die Freuden der körperlichen Liebe einführen werde und es mir scheiß egal ist, ob einer von euch beiden seine gesamte Lebenszeit investiert, um es zu verhindern. Ich werde mein Ziel erreichen. So oder so.«

»Das werden wir noch sehen!«, drohte Kristina ihm. »Dein Glas sieht nicht gut aus. Weißt du, warum? Oder soll ich's dir erklären?«

»Weil Daniel gegen meine Magie anschreibt. Sein Glas wird genauso aussehen. Und deines auch, wenn du nicht endlich Ruhe gibst.« Er lächelte, als sie nichts erwiderte. »Ich widme mich jetzt wieder meinem Schreiben. Vielleicht solltest du Daniel warnen. Oder gut auf Amelie aufpassen. So, ich bin beschäftigt.«

»Was soll das heißen?«

» Geh. GEH AUS MEINEM ZIMMER!«, verlor er die Geduld. Jede Minute, die er nicht gegen Daniel anschrieb, verlor er die Kontrolle über Amelie. Das konnte er nicht zulassen.

Kristina warf die Tür hinter sich zu. Nikolas war so einsichtig wie eh und je. Gut, Amelie war außer Gefecht gesetzt und zur Sicherheit ans Bett gefesselt, sollten die Drogen aufhören zu wirken. Solange hatte sie Zeit herauszufinden, was sie tun sollte. Oder konnte. Oder Daniel von weiteren Dummheiten abhalten.

Allerdings war sie sich sicher, dass das ein genauso erfolgreiches Unternehmen werden würde wie das Verheimlichen des Dieselskandals. Da war es wahrscheinlicher, dass ihr ein Regenbogen furzendes Einhorn morgen früh Kaffee servieren würde. Sollte sie überhaupt versuchen, auf ihren Bruder einzuwirken? Konnte sie sich die Zeit sparen?

»Krissi?«

Sie wirbelte herum. Jörg stand hinter ihr, ohne dass sie ihn bemerkt hatte. Hatte ihr Bruder ihm irgendwelche Fähigkeiten zugeschrieben, die er eigentlich nicht haben dürfte?

»Krissi, Daniel bringt sich um. Er muss aufhören zu schreiben. Seine Zeit verrinnt, als gäb's kein Morgen mehr, und wenn er so weiter macht, gibt's das auch für ihn nicht.«

»Joah, das ist mir bewusst, ich weiß nur nicht, was ich machen soll. Auf mich werden sie nicht hören, das zumindest weiß ich. Ich hab's eben vergeblich bei Nikolas versucht.«

»Dann ... war's das? Ich verliere meinen besten Freund?«

Kristina schluckte, als sie die Verzweiflung in der Stimme Jörgs hörte. »Sag mal, woher weißt du ... Du bist eingeweiht! Wieso bist du eingeweiht?!«

»Daniel hat mir alles erzählt und auch gezeigt. Ihm war das Geheimnis zu viel, und er wollte ... Er wollte jemanden haben, der ihn notfalls stoppt. Aber ich kann ihn nicht stoppen.« Jörg schlug mit der Faust gegen die Wand. »Ich kann doch nicht einfach zusehen, wie er stirbt!«

»Musst du auch nicht«, murmelte Kristina. »Ich glaube, ich weiß einen Weg. Und wenn du eingeweiht bist, kannst du mir helfen.«

»Sag mir, was ich tun soll!« Jörg trat näher. Kristina lächelte freudlos, als sie ihn ansah. »Ich kann dir nicht garantieren, dass es funktioniert.«

»Aber zumindest haben wir es dann versucht.«

5.

Kristina eilte in ihr Zimmer, gab sich nicht mal die Mühe, leise zu sein. Wozu auch? Amelie schlummerte selig – Gott sei Dank. Noch mehr Süßholzgeraspel über Nikolas oder Daniel oder über die Verschmelzung der beiden, und sie wäre zu einem Mord fähig gewesen. Entschlossen, ihren Brüdern Einhalt zu gebieten, bevor das Ganze aus dem Ruder lief, ging sie mit großen Schritten durch ihr Zimmer. Hinter sich konnte sie Jörg staunend nach Atem ringen hören.

Gut, sie hatte vielleicht nicht die beste Ordnung und dass sich Bücher in allen Ecken stapelten, ließ sich nicht verleugnen. Sie als Kleiderständer zu benutzen, war jetzt nicht der schönste Anblick – aber Jörg hatte sicher schon woanders Höschen, BHs und Kleider gesehen. Und wenn nicht, naja, gab es eben für alles ein erstes Mal. Sie stieg über Stapel von Dosen und schnitt angesichts des Chaos in ihrem Zimmer eine Grimasse. Ihr Schreibtisch war ein Sinnbild ihrer Gedanken: voller Notizen und Post-Its.

»Du findest hier noch was?«, fragte Jörg entgeistert. Kristina lachte. »Ja, durchaus. Hat System, auch wenn mir das keiner glaubt.« Ihr Blick wanderte zu Amelie, die leise schnarchte. K.O.-Tropfen verfehlten ihre Wirkung selten. Sie würde wohl noch ein wenig ruhig gestellt bleiben.

»Sie wacht so schnell nicht auf, oder?«

»Sie schläft noch eine ganze Weile. Alles gut. Ich weiß, was ich tue.« Meistens. Sie räumte mit einer raschen Bewegung ihren Schreibtisch leer, die Gegenstände polterten zu Boden. Beide wandten sich Amelie zu, die selig weiterschlief.

Aus dem Fach ihres Schreibtischs zog sie eine Schuhschachtel und öffnete diese mit einem lässigen Schnipsen. Eine Sanduhr kam hervor. Kristina nahm ein Blatt Papier zur Hand, legte den Armreif ab und schüttelte ihn, damit er sich streckte. Dann streckte sie selbst sich, lockerte die Muskeln und atmete tief durch.

»Okay, erzähl mir alles. Alles, was Daniel geschrieben hat.«

»Funktioniert das so?« Jörg kam zögernd näher. »Ich mein, bei Dani sieht das mehr nach Schreibarbeit aus. Bei dir wirkt das so locker und simpel.«

»Wenn du jetzt erwartet hast, dass ich eine Ziege auf geweihtem Boden bei Vollmond opfere, während ich nur mit einem Papyrusschnipsel bekleidet bin, muss ich dich enttäuschen. Bullshit war noch nie meine Stärke.« Kristina ließ den Füller über der Seite schweben. »Also? Was hat er geschrieben? Erzähl mir alles und lass nichts aus. Gar nichts.«

Marcel rieb sich das Kinn. Dass seine Schwester wieder öfters bei diesen Sommerfelds war, gefiel ihm nicht. Über die Semesterferien hinweg hatte sie sich gewandelt, das war schon merkwürdig genug gewesen. Als wäre sie ausgetauscht worden und nun jemand völlig Fremdes – zumindest äußerlich. Ihre Freundschaft zu dieser Kristina war ihm ein Dorn im Auge. Irgendwas stimmte mit dieser Familie nicht, er konnte nur nicht sagen, was es war. Aber er würde es herausfinden. Das Karlsruher Schloss barg viele Geheimnisse, vor allem über die alteingesessenen Familien.

Es wäre doch gelacht, wenn er nicht etwas über die Sommerfelds herausfinden würde. Unter anderem, wie die Familie wirklich hieß. Sommerfeld war sicher nicht der ursprüngliche Name gewesen – immerhin war seine Familie auch von »von Stein« zu »Zimmerer« umbenannt worden. Zur gleichen Zeit, wie die Sommerfelds aufgetaucht waren.

Und seit diese im Leben seiner Schwester eine größere Rolle spielten, benahm sie sich merkwürdig. An Zufall glaubte er da schon lange nicht mehr.

»Du siehst das viel zu verbissen«, murmelte eine sanfte Stimme. Marcel hob den Kopf. Eine junge Frau, halb im Schatten verborgen, lehnte im Türrahmen. »Wie lang bist du schon hier unten? Die muffige Luft, das schlechte Licht, die alten Bücher – das ist sicher nicht sonderlich gesund. Weder für Körper noch Geist.«

Sie kam nicht näher, das Licht, das den Raum im Schlosskeller erhellte, schien vor ihr zurückzuschrecken. Marcel kniff die Augen zusammen. Wer war sie? Wo kam sie her? Warum hatte er sie nicht gehört?

»Wer bist du?«, fragte er schließlich.

»Ich bin nur ich. Und du bist nur du. Aber deine Suche ist gefährlich. Du begibst dich auf ein Gebiet, auf dem du nicht zu Hause bist. Möchtest du wirklich diesen Pfad zu Ende gehen?« Mit jedem Wort war sie näher gekommen, weiter ins Licht getreten. Und doch schien der Schatten ihr zu folgen und sie im Dunkeln verborgen zu halten.

»Wer bist du?« Langsam bekam er ein wenig Angst.

Sie lachte. »Ich bin die Antwort auf die Frage, die du noch nicht bereit bist, zu stellen.«

»Was?« Er verstand kein Wort.

»Du wirst verstehen, wenn die Zeit gekommen ist. Dann wirst du alles verstehen. Und du wirst dich entscheiden müssen, ob du den Preis zahlen möchtest oder nicht.« Sie neigte den Kopf, und die Schatten, die sie im Verborgenen hielten, lösten sich ein wenig, sodass er ihre Augen sehen konnte. »Noch kannst du umkehren in deine Welt. Doch gehst du weiter, werden sich die Grenzen vermischen.«

»Welche Grenzen? Was stimmt nicht mit dir, dass du so einen Blödsinn erzählst?«, fuhr er auf. Sie schien unbeeindruckt zu sein, sich sogar darüber zu amüsieren.

»Kleiner von Stein, lass die Geister der Vergangenheit ruhen, wenn du nicht bereit bist, dich den Konsequenzen ihres Weckens zu stellen. Die Wallensteins haben ihren Preis bezahlt, bezahlen ihn noch immer. Willst du deine Familie auch zu so einem Dasein verdammen? Ihr, die ihr Auslöser für den Wallenstein'schen Fluch seid? Die ihr immer wieder für den Untergang einer Generation sorgt?« Die Schatten veränderten sich noch einmal, sodass er ihr Lächeln sehen konnte. »Du musst noch nicht einmal etwas sagen. Es reicht, wenn du es dir wünscht. Nun, was meinst du? Ist es das alles wert?«

Marcel schluckte. Ja, gut, er hatte offensichtlich die Antwort gefunden, wie die Sommerfelds früher hießen. Aber schlauer war er jetzt trotzdem nicht. Im Gegenteil.

»Ah, du bist noch nicht so weit.« Sie kicherte. Es hallte von den Wänden wider und rief Gänsehaut hervor. »Ich werde es wissen. Und ich werde mich darauf freuen.« Ihre Augen leuchteten in einem bedrohlichen Gold. »Ich sehe deine Zukunft. Ich sehe deine Wünsche. Und wenn du sie so deutlich siehst wie ich, werde ich bereit sein.«

Und so plötzlich wie sie aufgetaucht war, war sie verschwunden. Marcel blinzelte. Hatte er sich das gerade eingebildet? War das alles wirklich passiert? Was zum Geier war hier eigentlich los?

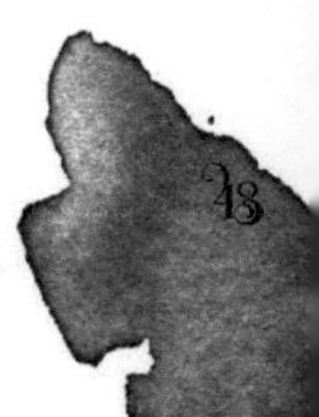

6.

Kristina keuchte. Ihre Hand schmerzte, ihr Kopf drohte zu zerbersten. Wie lang sie geschrieben hatte, konnte sie nicht sagen, aber sie hatte das Gefühl, alles wieder ins Lot gebracht zu haben.

Oder zumindest Amelie vor ihren Brüdern zu beschützen.

Der entspannte Schnarcher, der von ihrer Freundin kam, ließ sie erleichtert auflachen.

»Okay, das war so ganz anders als bei Dani. Deine Uhr hat nicht geglüht. Du hast nicht wie in Trance geschrieben, und du hast immer zwischendurch innegehalten und mich was gefragt. Das ist … Ich dachte immer, wenn man aufhört zu schreiben, verfliegt die Wirkung. Also, mittendrin.« Jörg blinzelte. Er schien genauso erschöpft zu sein wie sie. Kristina sah auf die Wanduhr. Gut, es war weit nach Mitternacht. Kein Wunder, dass auch er müde war. Sie lehnte sich zurück. »Du siehst nicht so gut aus.«

Kristina wandte den Kopf, hob eine Augenbraue. » Das ist genau das, was eine Frau hören will.«

»Du weißt, wie ich das meine. Kann ich dir was Gutes tun? Dir was zu trinken holen? Essen?« Jörg berührte sie sachte am Arm. »Ich mach mir nur Sorgen. Du bist … Du siehst aus, als wärst du tot. Grau, blutleer, völlig farblos. So hab ich dich noch nie gesehen.«

Nur zu gern hätte sie ihm etwas Freches, Gewitztes an den Kopf geworfen, aber Kristina fühlte sich wie ausgebrannt. Sie stöhnte, rutschte noch ein wenig weiter in ihren Stuhl.

»Ey, ehrlich, Krissi, du siehst echt nicht gut aus. Kann ich dir -«

»Weißt du, warum es mir so viel schlechter geht als
Dani oder Niko?«, murmelte sie mit geschlossenen
Augen und unterbrach ihn rüde. »Weil ich ganz anders
arbeite.«

Jörg veränderte seine Sitzposition, das konnte sie
hören. Entweder von ihr weg, oder zu ihr hin, aus
Neugier, und um nichts zu verpassen.

»Die beiden glauben, ich habe nichts über unser …
Familienerbe gelesen.« Sie musste sich anstrengen,
hörbar zu sprechen. »Ich habe beinahe alles gelesen, was
die Bibliothek hergibt. Über die Ersten, die diese Magie
nutzen konnten. Was sie taten, warum sie es taten.«

Jörg stieß mit dem Fuß einige Bücher zur Seite. Eine
Wasserflasche rollte hervor. Er reichte sie Kristina.

»Es sind immer drei Geschwister. In jeder Generation.
Mehr gibt es nicht. Und nur einer überlebt.« Sie nahm
einen Schluck. Das Plastik der Flasche knackte. »Nur
wer wird von uns überleben?«

»Wahrscheinlich nicht Niko«, murmelte Jörg. Kristina
lachte freudlos. »Ja, das ist sicher. Ich will mir aber auch
nicht vorstellen, dass Dani stirbt.« Langsam öffnete sie
die Augen. »Aber es gibt kein Entrinnen. Nur einer kann
überleben. Nur einer darf überleben.«

»Und warum?«

»Als wir noch »Wallenstein« hießen, waren wir eng
mit einer Familie namens »von Stein« verbunden.
Doch dann gab es Streit. Unter den Geschwistern
beider Familien, miteinander, wegen … Naja, das stand
nirgends. Auf jeden Fall reichte es, dass eine Blutschuld
auf unsere Familie geladen wurde, und somit auch der
Fluch. Meine Vorfahren haben den Namen geändert, die
Stadt aber nie verlassen. Sie fühlen sich hier verbunden,
mit all den Toten, die zu uns gehören. Es steht auch
in den Chroniken der Stadt, dass wir viel Geld in den
Aufbau gesteckt haben. Gut, wieso auch nicht? Wäre es
ausgegangen, hätten meine Vorfahren -«

»Sicher einen Weg gefunden«, vervollständigte Jörg ihren Satz.

»Aber um zum eigentlichen Thema zurückzukehren – ich schreibe nicht so wie meine Brüder. Sie überstürzen und denken nicht nach, ich plane sorgfältig. Ich versuche, keine Lücke zu lassen, damit meine Magie nicht wieder aufgehoben werden kann. Denn das ist bei Niko und Dani der Fall. Die beiden achten nicht auf Details, sie schreiben einfach. Und dann passieren Fehler. Bei Amelie hat sich das durch ihr sprunghaftes Verhalten geäußert. Mal hatte der eine Bruder die Kontrolle, mal der andere.« Kristina nahm noch einen Schluck Wasser. Sie konnte die Flasche kaum halten. Wie viel Zeit hatte sie geopfert? Wie viel hatte der Schutz ihrer Freundin ihr abverlangt? Sie wagte nicht nachzusehen. »Und je genauer man schreibt, desto mehr kostet es einen.«

»Du siehst aus, als wäre es dir direkt aus dem Körper geprügelt worden! Was hast du getan?!«

»Ich habe dafür gesorgt, dass sie ihren freien Willen behält. Dass sie ihren Geist nicht beeinflussen können. Ihre Gedanken gehören wieder nur ihr.« Kristina richtete sich langsam auf. Ihr Hintern drohte einzuschlafen, die Position war definitiv nicht bequem. »Sie können ihr maximal eine Art Viagra einflößen, aber ansonsten? Nope, nada. Da geht nichts mehr.«

»Das wird keinem der beiden gefallen«, lachte er auf. »Die beiden sind wie kleine Kinder. Kleine Kinder mit gefährlichen Werkzeugen.«

»Ja. Vor allem, wenn sie sich mit aller Macht bekämpfen wollen. Unsere Fähigkeit kann sich durchaus untereinander bekämpfen. Ich kann auch meine eigene geschriebene Magie bekämpfen. Das brennt mir aber das Leben schneller raus, als ich gucken kann.«

»Kannst du sie auch vollständig aufheben?«, fragte Jörg neugierig. »Ich mein, kannst du alles rückgängig machen?«

»Ja. Dafür gibt es zwei, nein, drei Wege. Einen der Familie, die mit uns verflucht wurde – ich weiß nur nicht, wie die mittlerweile heißen. Oder das genaue Rekonstruieren dessen, was geschrieben wurde. Oder indem man die geschriebenen Seiten verbrennt.«

»Und warum verbrennen wir dann nicht die Bücher der beiden? Das kostet dich doch weniger Lebenszeit als … oder nicht?« Er schien verwirrt, und sie konnte es ihm nicht verübeln.

»Nein, so einfach ist das nicht. Die Seiten zu verbrennen, reicht allein nicht aus. Auch hierbei muss geschrieben werden, dass das funktioniert. Weißt du, was ich meine? Zumal man andere Seiten mitverbrennt und damit auch Zauber vernichtet, die man eigentlich nicht zerstören wollte.«

»Nicht wirklich, nein.«

Sie lächelte angespannt. Wie sollte sie das erklären? Das war eines der wenigen Dinge, die sie an der Fähigkeit selbst nicht so ganz verstand. »Nun, das Verbrennen blutgeschriebener Bücher reicht nicht. Es muss geschrieben stehen, dass sie zerstört werden. Wir haben es getestet. Mit bereits geschriebenen Büchern unserer Vorfahren und eigenen Seiten.« Sie ächzte ein wenig. Wie gerne würde sie jetzt schlafen. »Wir haben darauf geachtet, dass wir nichts zerstören, was uns helfen kann. Aber wir waren jung und dumm, und unsere Eltern haben uns nichts über die Fähigkeit gesagt. Sie wollten nicht, dass wir sie nutzen. Bis zu unserem zehnten Lebensjahr wussten wir auch nichts davon. Doch am Tag unserer Erstkommunion -« Sie brach ab. Ihr Blick wanderte zu ihrer rechten Hand. Erinnerungen huschten durch ihren Kopf; Bilder, die sie längst verdrängt hatte. Schmerzen, die so heftig gewesen waren, dass sie noch nachklangen.

»Magst du mir davon erzählen? Dani schweigt da immer drüber. Ich weiß zwar, dass ihr mit eurem eigenen Blut schreibt   und euer Füller aus einem Knochen gemacht wird, aber wie, hat er immer verschwiegen.«

»Naja, so toll ist das ja auch nicht und für uns einfach nur schmerzhaft. Wenn wir zehn Jahre alt sind und offiziell die Erstkommunion erhalten, also Gott geweiht werden, tritt unsere Fähigkeit auf den Plan. Ein wenig makaber, wenn du mich fragst, aber gut, wer immer uns das eingebrockt hat, hatte wohl einen seltsamen Sinn für Humor.« Sie streckte die Hände aus und spreizte die Finger. »Wenn wir also Gott geweiht werden, dann … dann werden wir am selben Abend auf unsere Fähigkeit geprägt. Wir haben zwar immer nur drei Kinder in einer Generation – aber wir sind ja nicht die einzigen, die von den Wallensteins abstammen. Cousins, Cousinen, Tanten, Onkel – das ganze Gewusel an Familie, was man durch Verhütungsunfähigkeit in die Welt gesetzt hat, kommt dann zusammen, schließt aber den nichtmagischen Teil aus. Wir werden an einen Stuhl gebunden, uns wird der Mittelfinger der Hand abgeschnitten, mit der wir schreiben, und unsere erste Aufgabe ist es, den Finger wieder nachwachsen zu lassen. Nachdem wir einen Füller aus dem Knochen geschrieben haben, natürlich.«

»Was?!«

»Wir werden an einen Stuhl gebunden, uns wird der Mittelfinger der Hand abgeschnitten, mit der wir schreiben, und unsere erste Aufgabe ist es, den Finger wieder nachwachsen zu lassen. Nachdem wir einen Füller aus dem Knochen geschrieben haben, natürlich.«

»Was?!«

»Dein Ernst jetzt?« Kristina stöhnte genervt. »Wir werden an einen -«

»Ich höre dich und verstehe dich. Ich glaube … Ich kann … Was?« Jörg starrte sie entsetzt an. Sie verdrehte die Augen. So schockierend konnte das ja wohl nicht sein. »Aber das tut doch weh!«

»Ach? Echt?« Ein grunzender Schnarcher ließ die beiden herumwirbeln. »Wow. So zierlich, so krasse Töne.

Als hätte sie den Resonanzkörper eines Panzers.«

»Hatte sie ja auch. Ich weiß, wie sie aussah, bevor du an ihr rumgepfuscht hast. Wie hast du das gemacht?«, wollte Jörg wissen. Kristina rieb sich den Nasenrücken. »Ich hab sehr genau arbeiten müssen und lang genug an mir experimentiert, damit nichts schief geht.«

»Ach, deshalb die wechselnden Augen- und Haarfarben?«

»Ja. Ich musste ja herausfinden, wie ich das bewerkstelligen kann, ohne dass die Wirkung nachlässt.« Sie gähnte. »So langsam würde ich auch mal schlafen wollen, glaub ich.« Sie blickte zu Amelie, die selig schlummerte. »Sie sollte so weit sicher sein, dass nichts passiert. Oder zumindest nicht mehr als ein feuchter Traum, durch meine Brüder verursacht. In Träumen können sie aber nicht viel anstellen – da haben wir keine Macht.«

»Boah, Krissi!«

»Was denn?« Sie zuckte mit den Achseln. »Ernsthaft, lass uns schlafen gehen. Ich bin echt müde, und so viel Make-up hab ich nicht da, um das morgen zu kaschieren.« Ungelenk stand sie auf. »Augenringe bis zum Kinn sind jetzt nicht so mein Ding. Und die stehen mir auch nicht wirklich.« Kristina warf Jörg einen auffordernden Blick zu. »Wenn du glaubst, dass ich dich in meinem Bett schlafen lasse, hast du dich getäuscht. Amelie liegt schon drin und nimmt genug Platz weg.«

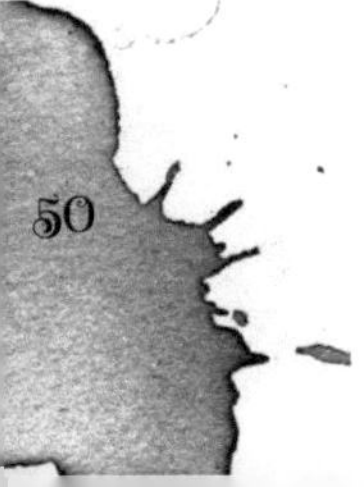

7.

Marcel rieb sich die Schläfen. Das Erlebte im Schlosskeller ging ihm nicht aus dem Kopf. Wer war diese Frau? War sie überhaupt real gewesen? Ihre Worte hatten sich in seinen Kopf gebrannt. Klangen nach, weckten einen tief verborgenen Wunsch in seinem Inneren, den er noch nicht auszusprechen wagte.

Macht, hatte sie gesagt. Verdammen, davon hatte sie gesprochen.

Er hatte doch gewusst, dass mit den Sommerfelds was nicht stimmte. Dass seine Schwester so eng mit ihnen verbandelt war, störte ihn. Dass sie dauernd Zeit dort verbrachte, nervte ihn. Er traute den beiden Männern nicht. Daniel und Nikolas hatten einen entsprechenden Ruf, und er fürchtete, seine Schwester würde an ihnen zerbrechen. Marcel ballte die Hände zu Fäusten. Sollten sie ihr wehtun, würde er ihnen wehtun. Und er würde dafür sorgen, dass sie sich nicht so schnell davon erholten.

In den Schatten hinter ihm glühte ein Paar Augen auf.

Amelie warf sich unruhig hin und her. Wilde Träume jagten sie, hielten ihren Geist gefangen. Stimmen lockten sie, zerrten an ihr, riefen sie zu sich. Ihre Finger krallten sich in das Laken, ihre Beine strampelten die Decke zur Seite. Langsam öffnete sie die Augen, aber sie schlief mehr, als dass sie wach war. Zumindest hatte sie das

Gefühl, dass sie definitiv nicht als wach gelten konnte. Wie auf einer Wolke schwebend stieg sie aus dem Bett, folgte der Stimme, die sie am stärksten lockte. Der Drang zu widerstehen, kam auf. Doch auch wenn ihr Geist stark war, so hatte ihr Fleisch beschlossen, nicht nur schwach zu sein, sondern schwach zu werden.

Sie stieg die Treppenstufen hinauf, krallte sich am Geländer fest, um sich selbst aufzuhalten, doch es war, als würde ihr Körper ferngesteuert werden. Sie hatte keinerlei Kontrolle über das, was sie tat. Wie programmiert folgte sie der Stimme, bis sie schließlich vor Nikolas' Tür stand. Ihr Herz schlug wild in ihrer Brust, als sie die Hand ausstreckte, um sie zu öffnen. Sie zitterte – mehr vor Erregung denn vor Angst.

Im Zimmer wurde sie von dämmrigem Kerzenlicht empfangen. Oder zumindest dachte sie, dass es Kerzenlicht war. Dunkelrotes Licht zauberte eine seltsame Atmosphäre im Raum, Nikolas lag nackt wie Gott ihn erschaffen hatte auf seidenen Laken und klopfte einladend neben sich. Amelie wusste, dass das alles falsch war, und wäre Kristina an ihrer Seite, hätte sie irgendeine Anspielung auf einen sehr schlechten Porno gemacht. So aber war sie auf sich allein gestellt. Ihr Atem stockte, als sie näher kam. Ihre Füße bewegten sich von selbst, als würde sie jemand anderes lenken. Nikolas' Blick ruhte auf ihr, glühend vor Verlangen und Gier. Er wirkte mehr wie ein Raubtier denn ein Mensch, und ihr Fluchtinstinkt setzte ein. Allerdings war sie nicht in der Lage wegzulaufen. Stattdessen kam sie näher und näher, so nah, dass sie die Wärme seiner Haut spüren konnte.

Erneut klopfte er neben sich aufs Laken.

Amelie kletterte auf sein Bett, ungeschickt. Sie hatte sich noch immer nicht an ihr neues Aussehen gewöhnt, war noch ungelenkig und steif. Ihr Herz drohte zu kollabieren, als Nikolas sich vorbeugte und ihr das Shirt über den Kopf zog. Sie hielt den Atem an. Hatte sie nicht immer davon geträumt, eines Tages so sehr begehrt zu werden, dass sie nicht nur mit den Blicken, sondern auch wirklich ausgezogen wurde? Und jetzt – jetzt, wo es passierte, war es fast zu viel für sie. Amelie glaubte, gleich in Ohnmacht zu fallen. Sein Atem strich über ihren Hals, hinauf zu ihrem Ohr. Seine Zunge spielte mit ihrem Ohrläppchen, seine Finger strichen über ihren Nacken. Gänsehaut zog sich über ihren gesamten Körper.

Wusste er, dass sie noch unberührt war? Ungeküsst und unschuldig? Dass sie nur in ihrem Kopf die wilden Stadien der körperlichen Lust erlebt hatte?

Seine Hände wanderten über ihren Körper, zärtlich und sacht, aber bestimmt ihren Weg suchend. Seine Finger wanderten unter den Bund ihres Höschens, und Amelie schloss die Augen.

Kristina rieb sich die Augen. Die Sonnenstrahlen hatten sie geweckt – überraschenderweise sonst nichts und niemand. Hatte sie das Schreiben mehr erschöpft, als sie gedacht hatte? Stöhnend richtete sie sich auf. Ihr Blick wanderte durch ihr Zimmer. Bücherstapel um Bücherstapel, Kleidung, Getränkedosen, Kekse – aber keine Amelie.

Fluchend sprang sie aus dem Bett – und stolperte über Jörg.

»Fuck! Ey, was … AU!« Er rieb sich die Schulter. »Was'n bei dir falsch?«

»Was machst du in meinem Zimmer?!« Kristina sah sich wild nach etwas um, das sie ihm an den Kopf werfen konnte. Ein Buch? Würde abprallen. Der Klügere gab nach. Eine Dose? Selbiges. Kekse? Zu wertvoll. BH? Nicht schmerzhaft genug.

»Hab gehört, wie sich Amelie rausgeschlichen hat und zu Dani ins Zimmer ist. Da hatt' ich keine Lust, bei dem Porno für Arme als Zuschauer dabei zu sein und bin zu dir ins Zimmer. Sorry.« Jörg verzog schmerzhaft das Gesicht. »Ey, warum hast du auch keinen flauschigen Teppich im Zimmer wie dein Bruder? Scheiß Fliesen! Ich glaub, ich hab mir im Schlaf was gebrochen.«

»Ihr Männer seid solche Babys! Unfassbar!« Sie streckte sich. »Beeindruckend, dass du 'ne Decke … Warte! Was hast du über Amelie gesagt?«

»Du bist morgens so leistungsfähig wie ein Stein beim Seepferdchen-Test«, murmelte Jörg. Es knackte, als er sich reckte. »Sie ist irgendwann rüber zu Dani. Und ist da wohl noch. Keine Ahnung, mir egal. Ich wollte nur schlafen. Also hab ich ihr Bettzeug genommen und mich hingelegt. Und weil ich ja nicht den falschen Eindruck erwecken wollte, ganz züchtig und brav aufm Boden.«

»Oh, wie edelmütig. Himmel. Da pimpert sie wohl doch mit Dani.« Kristina raufte sich die Haare und fluchte leise, als sich ihre Finger darin verfingen. »Scheiß doch die Wand an! Ich dachte, ich hätte an alles gedacht.«

»Hast du nicht gesagt, dass du ihren Hormonhaushalt eben nicht kontrollieren kannst? Vielleicht war das die Lücke, die die beiden genutzt haben?«

»Boah, das würde … Ja, das würde zu ihnen passen. Aber beide? Meinst du echt?« Sie schauderte. »Woah, es gibt Dinge, die will ich mir nicht vorstellen. Das gehört dazu.«

»Und nun?« Jörg setzte sich auf die Bettkante. Er sah so fertig aus, wie sie sich fühlte.

»Kaffee. Keks. Koffein und Zucker. Ich dreh sonst durch.« Sie gähnte. »Und raste aus, wenn ich einen der beiden sehe.«

»Naja, so schlimm kann das doch nicht sein …« Er ließ sich auf ihr Bett fallen, erhob sich aber eilig, als er ihren strengen Blick sah. »Ich mein, sie haben ja nicht die

Schwerter gekreuzt.«

»Boah, echt jetzt? Das Bild krieg ich nie wieder aus dem Kopf! Ich kann doch nicht so früh am Morgen mit dem Trinken anfangen! Wie sieht denn das aus, wenn ich mir Absinth in den Hals schütte?«

»Interessant?«, kommentierte er leise. Allerdings nicht leise genug. Das Buch, das Kristina nach ihm warf, traf ihn mitten auf die Nase. »Au!«

»Mimimi?« Sie nahm den Haargummi vom Handgelenk und band sich ihre Haare zu einem lockeren Dutt zusammen. »Selbst wenn sie die Schwerter nicht gekreuzt haben, ist das trotzdem nicht die schönste Vorstellung, die ich gerade im Kopf hab. Was sind sie dann? Proteinbrüder?«

»Was?«, fragte er verwirrt.

»Egal. Komm, bevor der Tag endgültig gelaufen ist. Ich brauch augenblicklich Kaffee. Viel Kaffee. Am besten intravenös.«

Amelies Körper fühlte sich fremd an. Ihre Haut brannte, ihre Glieder schmerzten, ihr Kopf dröhnte. Hatte sie sich gestern irgendwie betrunken und war dann die Treppen runtergekugelt? So ungeschickt war sie doch eigentlich nicht. Nicht einmal, wenn sie ihren Verstand ausschaltete.

»Jo, kannst ruhig mal aufstehen. Ich will runter zum Frühstück, und du hast die ganze Nacht hier verbracht – genug Zeit, wenn du mich fragst.« Nikolas' Stimme, die sich sonst wie Samt auf ihre Haut legte, war kalt und hart. »Ich würde gern noch was erledigen und brauche dabei kein Publikum.«

Amelie schluckte. Wenn sie sich nicht irrte, dann war

sie ... dann hatte sie die Nacht mit ihm verbracht. Nicht nur in seinem Bett, sondern definitiv auf ihm, unter ihm. Unberührt war sie sicher nicht mehr und so, wie ihr alles wehtat, was sonst nie wehtat, war da sicher mehr gelaufen, als sie gedacht hatte. Oder erwartet. Oder erträumt. Sie schluckte die aufsteigenden Tränen hinunter und raffte die Decke, um ihre Blöße zu bedecken.

»Ne, ne. Die kannste ruhig hierlassen. Keine Lust, die nachher zu suchen. Deine Klamotten hab ich schon zu meiner Schwester ins Zimmer gebracht.« Nikolas stand mit dem Rücken zu ihr. Amelie kam nicht umhin, das Spiel seiner Muskeln unter der Haut zu bewundern.

Angewidert über sich selbst schüttelte sie den Kopf. Was stimmte nicht mit ihr?

»Hörst du schlecht?«, fragte er eindeutig gereizter. Amelie biss sich auf die Unterlippe, ließ die Decke los und huschte aus dem Zimmer. Die kalte Luft auf dem Korridor ließ sie scharf einatmen. Damit hatte sie nicht gerechnet. Inbrünstig hoffte sie, niemandem zu begegnen. Sie wusste nicht, ob sie die Schande überleben würde, Dani oder Kristina nackt über den Weg zu laufen. Vielleicht hatte sie Glück und alle waren schon unten? Dann würde das ihr kleines Geheimnis bleiben. Zugegeben, ein schmutziges, beschämendes, aber immerhin.

»Amelie?«

Sie erstarrte. Beinahe hätte sie es geschafft, in Kristinas Stockwerk zu schleichen, ohne dass sie jemandem begegnet wäre. Doch natürlich, natürlich musste Daniel in diesem Moment die Treppe betreten und sehen, wie sie aus Nikolas' Stockwerk kam. Am liebsten wäre sie im Erdboden versunken.

»Amelie? Was ... Warum ... Warum bist du nackt?« Er klang entsetzt, schockiert und ein wenig, vielleicht bildete sie sich das auch nur ein, angeekelt.

Was sie ihm nicht verübeln konnte. Sie ekelte sich ja

auch vor sich selbst.

»Ähm, guten Morgen?«, flüsterte sie. Ihre Stimme war heiser, klang rau und belegt. Was zum Geier hatte sie heute Nacht alles getan?

»Die blauen Flecken … Hat sich's wenigstens gelohnt?«, murmelte er leise und kam näher. »War es das wert, mich zu verlassen und zu ihm zu gehen?« Sein Blick schien sich in ihre Seele zu brennen. Sie schluckte, ließ den Tränen nun freien Lauf. »Du hast ihm das Kostbarste geschenkt, das du hast. Du hast ihn vorgezogen.« Seine Finger strichen sacht über die blauen Flecken auf ihren Handgelenken. »Ich hätte dich auf Händen getragen. Und stattdessen bevorzugst du den Boden.« Seine Stimme brach. »Zieh dich an. Nicht, dass du dir noch eine Blasenentzündung holst. Und vielleicht willst du duschen.« Seine Augen wanderten zu ihren Beinen. »Ich an deiner Stelle würde es tun.«

Amelie schlug die Hände vors Gesicht und schluchzte. Etwas in ihr zerbrach, als sie zu Boden sank und hemmungslos weinte.

8.

»Kaffee?« Jörg stellte ihr eine große Tasse hin. Die wirklich große, die fast einen Liter umfasste. Kristina hob eine Augenbraue, nickte aber zum Dank. Ein kurzer Blick in den großen Pot verriet ihr, dass Milch und Zucker bereits drin waren. Skeptisch runzelte sie die Stirn. Woher wusste er, wie sie ihren Kaffee trank? Als ein Teller voller Kekse vor ihr abgestellt wurde, verschränkte sie die Arme und lehnte sich zurück. Sah sie aus wie ein kleines Kind? Immerhin musste sie zugeben, dass der Frühstückstisch mit den Brötchen, frischem Obst und Müsli wirklich ordentlich gedeckt aussah. Wahrscheinlich hatten sich ihre Eltern darum gekümmert oder Daniel hatte es ihnen geschrieben, so wirklich wusste es Kristina nicht, fragte aber auch nicht nach. Was sie nicht wusste, konnte sie nicht aufregen.

»Okay. Stalkst du mich? Woher weißt du, wie ich … naja, frühstücke?«, wollte sie wissen.

»Weil ich oft genug bei euch am Tisch saß und gesehen hab, wie nahrhaft du dich ernährst?« Er schüttelte den Kopf. »Warum nicht mal ein Wurstbrot oder Nutella oder Obst?«

»Warum sollte ich? Kekse sind so viel besser. Vitamin B und C und Zucker – ich versteh nicht, was daran nicht nahr-« Das Wort blieb ihr im Hals stecken. »Woah, Dani! Wer oder was ist dir denn über die Leber gelaufen?«

Daniel war eingetreten, hatte dabei die Tür so schwungvoll aufgestoßen, dass sie gegen das Sideboard gekracht war. Sein Gesicht war bleich, seine Augen kalt und hart.

»Gut, damit hätten wir uns die Frage, wie dein Morgen so ist, auch schon gespart.« Kristina nahm einen großen

Schluck Kaffee. »Magst du mit uns reden, oder grunzen wir uns erst mal eine Weile an?«

Daniel setzte sich, sprach kein Wort. Doch jede Bewegung, jeder Handgriff war aggressiv und sprühte vor Zorn.

»Ich glaube, da war jemand von der Idee einer Proteinbruderschaft nicht so begeistert«, murmelte Jörg leise. Wieder einmal nicht leise genug. Daniel warf sein frisch geschmiertes Brötchen an die Wand und rauschte aus der Küche.

»Daniel! Was glaubst'n du, wer das weg macht?«, rief Kristina ihm noch hinterher, obwohl es sinnlos war. Jörg und sie wechselten Blicke. »Das war alles anders geplant.«

»Na, komm. Als ob du Regenbögen furzen würdest, wenn dir dein eigener Bruder den Kerl ausspannt.«

Kristina bedachte Jörg mit einem langen Blick. »Wenn einer meiner Brüder das mal schafft, dann trete ich gern zur Seite.«

»Man! Du weißt, wie ich das meine!«, rief er aus. Sie lächelte ihn an. Auch wenn die Lage ernst war, so war es zu zweit doch einfacher zu ertragen. Langsam verstand sie, warum ihr Bruder seinen besten Freund eingeweiht hatte. Schweigend saßen sie noch einen Augenblick da, jeder in seine Gedanken versunken.

»Daniel hat wohl Amelie getroffen«, murmelte Jörg. »Anders kann ich mir das nicht erklären.«

»Ja. Ich mein, ja, dumm gelaufen. Ich hatte echt gehofft, genug Sicherheitsvorkehrungen getroffen zu haben … Ach, das ist doch kacke. Bei der Letzten haben sie sich immerhin nur drum gestritten, wer sie zuerst flachlegen kann. Und jetzt? Da steckt echt mehr dahinter. Ich glaube, Dani hat Gefühle für sie.«

Kristina spuckte den Schluck Kaffee, den sie im Mund hatte, im hohen Bogen aus. Gefühle? Ihr Bruder? Das wäre wohl das erste Mal.

»Guck nicht so. Die beiden haben kein Herz aus Stein

– wobei, Niko vielleicht, aber Dani nicht. Dani muss sich wirklich in sie verliebt haben, so wie er leidet.« Jörg drehte seine Brezel auf dem Teller. »Ich kenn ihn doch. Das geht ihm alles zu nahe …«

»Es ist echt zu früh, um über so was zu sprechen«, murmelte Kristina leise und gähnte. »Abgesehen davon«, sagte sie etwas lauter, »ist das Thema sicher durch. Wenn Niko einmal drüber gerutscht ist, hat er, was er wollte. Was bedeutet, dass die beiden sich nicht mehr in den Limbo schreiben.«

»Du bist relativ gelassen dafür, dass deine Freundin da oben wohl … Ich weiß nicht, wie ich das sagen soll, ohne respektlos zu klingen.«

»Dann lass es«, erwiderte Kristina ruhig. Sie machte sich durchaus Sorgen, inwieweit Amelie am Boden war. Doch sie durfte ihren Brüdern kein neues Futter geben, denn selbst wenn sie das Interesse an ihr verloren hatten, würden sie vielleicht nicht widerstehen können, doch noch nachzutreten.

»Na gut, dann einen Themenwechsel?« Jörg biss ein großes Stück ab. »Ich hab in dem Buch, das mir Dani gegeben hat, was von Counterpart gelesen. Was ist damit gemeint?«

Kristina stutzte. Das hatte sie selbst nur einmal in einem der Bücher gelesen – dass sich Jörg nun daran erinnerte und sie dazu befragte, war ein wenig gemein und unfair. Fand sie. »Es gibt mehrere Familien, die mit einer Gabe beschenkt wurden, wenn man so will. Ich habe in den Chroniken der Stadt darüber gelesen. Unsere Familie war nicht die einzige, es gab gleichzeitig in drei weiteren Großstädten Familien, die mit einer besonderen Fähigkeit aufwarteten.«

»Weißt du, welche Familie welche Fähigkeit hat?«, fragte Jörg, als Kristina gerade einen Schluck Kaffee nahm.

»Nein, ich hab mich hauptsächlich mit meiner Familie

beschäftigt, irgendwie.« Sie verdrehte die Augen. »Ich weiß nur, dass zwei Familien einander spiegeln oder sich gegenseitig neutralisieren.«

»Das bedeutet?«

»Ich nehme an, es gibt eine Counterpart-Familie zu unserer Schreibfähigkeit. Und dass die andere Familie unsere Fähigkeit neutralisieren kann oder rückgängig machen. Ohne mit Lebenszeit zu bezahlen, vermute ich.« Sie drehte die Tasse auf dem Tisch. »Ist alles nur eine Vermutung, aber ich glaube, dass da draußen einer rumspringt, der mein Geschriebenes   aufheben kann. Und, so vermuteten meine Vorfahren, wenn er alles, was ich jemals geschrieben habe, neutralisiert, dann verlieren wir beide unsere Magie. Oder er macht sie rückgängig und verwirkt alle Zauber und wir erhalten unsere Lebenszeit zurück. So oder so wären wir frei.« Ohne dass sie es verhindern konnte, hatte sie hoffnungsvoll geklungen. Ja, sie genoss den Vorteil, den ihre Magie ihr gab, keine Frage. Aber es nervte sie, dass das Schicksal ihrer Geschwister und ihr eigenes vorgeschrieben waren. Keine Möglichkeit, zu entkommen oder es zu ändern. Einer würde sterben, einer würde leben, einer würde für Reichtum sorgen, aber ebenfalls sterben, bevor die Lebenszeit ausgekostet worden war.

Sie war nicht die, die für Reichtum sorgen würde. Dafür war sie zu vorsichtig mit ihrem Schreiben, nutzte es zu selten für den eigenen Vorteil. Nikolas würde sterben, da waren sich alle drei einig gewesen – auch er selbst. Vielleicht war es dieses Wissen, das ihn dazu trieb, sich immer rücksichtsloser zu benehmen? Zuzutrauen wäre es ihm. Sie würde vielleicht nicht anders reagieren.

»Und warum suchst du den Counterpart dann nicht, damit er Nikolas neutralisiert?«

Kristina starrte Jörg einen Augenblick lang sprachlos an. Sie gab es ungern zu, aber er hatte sie mit dieser Frage kalt erwischt. Daran hatte sie noch nie gedacht.

Damit könnte sie ihn retten und all die anderen, die aufgrund seiner Aufschriebe gelitten hatten, gebrochen waren, am Boden lagen.

Sie konnte Amelie damit helfen.

»Ich -« Die Tür flog erneut auf und unterbrach Kristina. Entsetzt keuchte sie auf, als sie eine verheulte, zitternde Amelie erblickte. Nackt, bleich, durchgefroren.

»Shit!«, stieß Jörg aus. Beide sprangen sie auf, Jörg zog sein Shirt aus und reichte es Amelie, die nicht reagierte. Hilflos sah er zu Kristina, die sich auf die Lippe biss. Kristina nahm Amelie am Arm, führte sie zum Tisch und zog ihr ungeschickt das Shirt über. Amelie war noch immer wie erstarrt und ließ es geschehen. Kurz spielte Kristina mit dem Gedanken, ihr etwas über den Kopf zu schütten, um eine Reaktion zu erhalten, doch wahrscheinlich würde sie damit alles nur viel, viel schlimmer machen. Seufzend rieb sie sich den Nacken.

»Und was machen wir jetzt?«, wollte Jörg wissen. Seine Stimme war leise, klang besorgt.

»Abgesehen davon, meine beiden Brüder zu verprügeln? Ich werde Marcel anrufen.« Kristina seufzte. »Das wird kein Spaß. Der mag doch keinen von uns, und wenn er mitbekommt, wie's seiner Schwester geht, muss ich aufpassen, dass er nicht das Haus stürmt.«

»So schlimm mit ihm?« Jörg lehnte sich mit verschränkten Armen gegen den Tisch. »Ich hab ihn nur als netten, angenehmen Kerl kennen gelernt.«

»Du hast ja auch nicht versucht, seine Schwester zu entjungfern. Oder seine Freundin. Oder seine Cousine. Oder, oder, oder.« Sie verzog das Gesicht und griff nach ihrem Handy.

»Du hast seine Nummer?«

»Klar. Ich mag ihn. Er ist eigentlich ein echt netter Kerl. Und wären meine Brüder nicht … Naja, es ist nun mal, wie es ist.« Sie suchte nach seiner Nummer und wählte.

»Er passt doch gar nicht zu dir!«, stieß er heftig hervor. »Das ist doch … Weiß er, was du kannst?«

»Klar. Das war das erste, was ich ihm gesagt hab, als ich ihn kennen gelernt hab.« Den Drang, ihm das Nutellaglas an den Kopf zu werfen, unterdrückte sie. »Nein, natürlich nicht! Ich bin nicht wie Dani und erzähl das einfach rum. Ich lebe mit meinen Sünden alleine.« Das Freizeichen ging ihr auf die Nerven. Konnte er nicht wie jeder andere Mensch abnehmen und sie es hinter sich bringen?

»Du musst das nicht alleine durchstehen. Ich bin auch noch da.«

Sie schenkte ihm einen Blick aus dem Augenwinkel. Sollte sie ihm jetzt auch ihre innersten Ängste und Wünsche anvertrauen? Sollten sie sich gegenseitig ihre Tagebücher zu lesen geben oder was?

»Ja?« Beinahe hätte sie das Handy fallen lassen, als sie plötzlich Marcels Stimme hörte. Sie räusperte sich, doch bevor sie etwas sagen konnte, hörte sie ihn erneut sprechen, ungeduldig. »Hallo? Hallo?«

»Ähm, ja, hi. Marcel, Kristina hier. Ähm … Es geht um deine Schwester. Könntest … Du solltest sie vielleicht besser abholen. Ihr geht's nicht so gut«, sprudelte es aus ihr heraus. Und bevor er antworten konnte, legte sie auf.

»Was hat er gesagt?«, wollte Jörg wissen.

»Weiß ich nicht.« Ein ungutes Gefühl beschlich sie. »Aber ich fürchte, wir werden bald erfahren, was er zu sagen hat.«

Amelie schluchzte laut auf.

9.

Kristina knetete nervös ihre Hände. Dass sich ihre Brüder nicht blicken ließen, war gar nicht mal so schlecht. Wenn Marcel hier auftauchte und die beiden sah, würde die *Red Wedding* aus »Game of Thrones« wie ein Kindergeburtstag aussehen.

»Mach dich doch nicht verrückt. Was soll schon passieren? Er wird ein bisschen pissig sein, er wird ein bisschen rumbrüllen, er wird Amelie mitnehmen und das war's.« Jörg lehnte sich nach vorne, griff nach ihren Händen. »Und ich bin ja auch noch hier. Er wird dir nichts tun.«

Kristina wusste, dass er sie beruhigen wollte, dass er ihr beistehen wollte und nett war, aber sie konnte nichts dafür – ihre Gedanken kreisten um Marcel, sie fürchtete sich wirklich vor seiner Reaktion. Amelie schien noch immer in ihrer Schockstarre zu verharren, unfähig, sich zu bewegen. Was hatte Nikolas ihr bloß angetan?

»Amelie? Amelie, hörst du mich?« Sie berührte die Freundin am Arm. Die Haut war kalt, sie schien zu Eis erstarrt zu sein. »Amelie?« Hilflos sah sie zu Jörg, der mit den Achseln zuckte.

»Sie sollte sich anziehen. Sonst wird das echt unschön.«

»Das ist mir bewusst. Aber ich bin nicht so geübt darin, Schaufensterpuppen anzuziehen. Was soll ich tun?« Sie fuhr sich durch die Haare. »Ich hab … Fuck, ey.«

»Ich pass auf sie auf, du holst ihr Klamotten. Dann kriegen wir das schon hin.«

»Hm, ich weiß nicht, wie sie jetzt reagiert, wenn sie mit einem Mann allein ist …« Kristina stand auf. »Aber so kann sie auch nicht bleiben.«

»Was soll schon passieren? Ich tu ihr ja nichts«,

erwiderte Jörg sanft. »Geh, hol ihr was. Denn wenn Marcel sie nackig sieht, dann ist hier aber Party.«

Sie hasste es, wenn andere recht hatten. Da fühlte sie sich immer ein wenig bloßgestellt, auch wenn es unsinnig war. Mit großen Schritten eilte sie aus der Küche, hinauf in ihr Zimmer, um Amelie etwas zum Anziehen zu suchen. In die Puffhöhle ihres Bruders würde sie sich nicht hineinwagen. Sonst würde sie ihm den Kopf abschlagen und dieses Privileg sollte Marcel vorbehalten bleiben.

Jörg wippte mit dem Fuß. Er war nervös, wusste nicht, wie er mit der Situation umgehen sollte. Amelie bewegte sich nicht. Kurz überlegte er, ob er ihr die Nase zuhalten sollte, um zu sehen, ob sie überhaupt oder atmete, aber entschied sich dagegen. Nachher würde sie um sich schlagen oder doch tot sein. Allerdings ängstigte ihn der Zustand Amelies mehr, als er zugeben wollte. So etwas hatte er noch nie erlebt. Löste auf Magie basierender Sex das aus? Könnte er Kristina fragen, nein, bitten, das mit ihm zu probieren? Oder würde sie ihn auslachen und ihm einen Ringelschwanz schreiben? Zuzutrauen wäre es ihr. Ihr Humor war manchmal mehr als nur gewöhnungsbedürftig und oft auch sehr, sehr kindisch. Dabei mochte er sie. Sehr sogar. Zwar hatte er Dani versprochen, seine kleine Schwester niemals als mehr zu betrachten als eben diese kleine Schwester, aber, wenn er ehrlich zu sich selbst war, das Versprechen war schon lange gebrochen.

»Ehm, Amelie?« Vorsichtig berührte er sie am Arm. Nichts. Jörg verzog das Gesicht. Dass sie nackt bei ihm am Tisch saß, nach Sex und anderen Dingen roch, ließ sich nicht von der Hand weisen und brachte sie allesamt in eine unangenehme Lage . Vor allem nicht, seit er wusste, dass ihr Aussehen nicht dem entsprach, das Gott ihr gegeben hatte. Würde doch Kristina nur endlich zurückkommen! Wie lange konnte es dauern, Kleidung rauszusuchen?

»Uff, hier bin ich wieder«, die aufschwingende Tür verschluckte die Worte beinahe. Kristina erschien, einen Stapel Kleidung auf dem Arm, unordentlich zusammengeknüllt – genauso unordentlich wie in ihrem Zimmer. Unwillkürlich musste er lächeln. »Also gut.« Sie ließ die Sachen auf den Tisch fallen. »Wie … Wo fangen wir an?«

»Unterwäsche wäre praktisch, findest du nicht?«

Kristina rümpfte die Nase. Sie schien nicht sonderlich von der Idee angetan zu sein, Amelie Unterwäsche anzuziehen. Lag es daran, dass es etwas sehr Intimes war oder daran, dass Amelie sich nach der Nacht mit Nikolas nicht gewaschen hatte und sogar er die Spuren der horizontalen Aktivitäten sehen konnte?

»Wenn ich ehrlich bin, hab ich daran nicht gedacht. Ich mein, sie ist meine Freundin und so, aber ich will nicht alles mit ihr teilen, und meine Unterwäsche gehört definitiv dazu. Irgendwo hörts auch auf, weißt du?«

„Kann ich gar nicht verstehen", murmelte er. Ein wenig enttäuscht war er ja schon. „Warte – Unterwäsche ist ein No-Go, aber Socken sind okay?«

„Ja, glaubst du, ich will, dass sie sich 'ne Blase läuft?«, kam es dumpf von unten. Kristina zog einer völlig apathischen Amelie Socken über die Füße.

Kristina erhob sich und warf ihr langes Haar zurück. „Und ich vermute, dass sie sich zu Hause gleich ins Bett legt. Oder gelegt wird.« Sie nahm die Hose in die Hand. „Gut, ein Rock wäre einfacher gewesen. Hilfst du mir eben?«

„Was soll ich tun?« Jörg war sich nicht sicher, ob er

Kristina helfen wollte. Aber blieb ihm eine andere Wahl? Es gab keinen triftigen Grund, es nicht zu tun.

„Entweder sie hochheben oder ihr die Hose anziehen. Deine Entscheidung.« Sie schüttelte die Jeans aus. Dass sie ihm eigentlich keine Wahl ließ, war offensichtlich. Kurz zögerte er. Wo sollte er Amelie anfassen? Wie sollte er sie anfassen, ohne dass sie in Panik geriet oder ihn mit Nikolas verwechselte? Jörg kratzte sich am Kopf. Das war alles so viel komplizierter, als er erwartet hatte. Vorsichtig legte er seine Hände an ihre Hüften und hob sie hoch. Kristina zog ihr etwas umständlich die Hose über die Füße. »Höher!«

Jörg griff der apathischen Amelie, die wie ein nasser Sack auf ihrem Platz saß, unter die Achseln. Ungeschickt zog Kristina die Hose über den nackten Unterleib der jungen Frau und zog den Reißverschluss zu. Jörg ließ sie erleichtert wieder auf den Stuhl sinken. Auch wenn sie mittlerweile kein Straßenbomber mehr war, wog Amelie genug, um ihn außer Atem zu bringen. »Sag mir bitte nicht, dass ich sie noch mal hochheben muss.«

»Ne, also den Pulli krieg ich ihr noch so angezogen, glaub ich. Eventuell musst du sie mit mir zur Tür bringen, aber ansonsten sollte das so weit passen.« Kristina stülpte Amelie den Pulli über, und Jörg fühlte sich an ein kleines Mädchen erinnert, das relativ unsanft mit ihren Barbiepuppen umging. Mehr schlecht als recht bekleidet saß Amelie nun auf ihrem Stuhl, während Kristina genauso außer Atem zu sein schien wie er. »Wenn er jetzt kommt, um sie abzuholen, sieht sie zumindest ordentlicher aus als … Na ja, du weißt schon, vorhin.«

»Der Keks beim Weitwichsen gewesen?«, rutschte es ihm heraus, bevor er groß darüber nachgedacht hatte. Kristina kicherte, auch wenn sie kurz schockiert dreingesehen hatte.

Dann klingelte es.

Kristina giggelte immer noch, als sie an die Tür ging. Als sie sie öffnete und in das wütende Gesicht Marcels blickte, erstarb ihr albernes Lachen.

»Oh, äh, hi.« Ihre Hand zitterte ein wenig. Warum zum Geier machte er sie so nervös? Warum fürchtete sie sich so vor ihm? Bildete sie sich das nur ein, oder sah er wütender als sonst aus? Seine Augen dunkler, voller Hass und Wut?

»Wo ist sie?«

Okay, dass er gleich zum Punkt kam, ersparte ihr den Smalltalk, der wahrscheinlich nur peinlich und unangenehm geworden wäre. »Ähm, in der K-« Er drängte sich an ihr vorbei und schubste sie dabei in den Flur. »Alter?!« Sie fing sich rasch wieder und folgte ihm. »Erstens – spinnst du? Zweitens – da geht's nicht zur Küche, du Idiot!«

Er blieb nicht stehen, wartete nicht auf sie, sondern ging in eine andere Richtung.

»Alter, Marcel, da geht's auch nicht zur Küche. Warte, ich bring dich zu ihr.« Und zum ersten Mal, seit er an ihr vorbei gestürmt war, blieb er stehen. Erleichtert, wenn auch langsam wütend, ging sie zu ihm. Sein Blick war noch immer wild und voller Abscheu, aber angesichts dessen, was er mit ihren Brüdern erlebt hatte – verschiedene Kämpfe um Frauen, in denen Marcel oft genug auch nur ein Opfer der Magie der beiden Brüder geworden war und einmal beinahe aus dem Fußballteam geflogen wäre –, durchaus verständlich. Vorsichtig streckte sie die Hand nach ihm aus, ließ sie aber recht schnell wieder sinken. »Hier lang.«

Das ließ er sich nicht zweimal sagen. Marcel folgte ihr in die Küche, in der Jörg sehr viel Sicherheitsabstand zwischen sich und Amelie gebracht hatte.

»Ich hab damit nichts zu tun!«, war das Erste, was er sagte, als die beiden die Küche betraten. Marcel knurrte. Der Anblick seiner Schwester schien seine Laune nicht unbedingt zu heben.

»Was habt ihr ihr angetan? Was habt ihr mit ihr gemacht?!«

»Sie angezogen. Dachte, wär ganz nett, wenn sie nicht friert.« Kristina versuchte, sich nicht anmerken zu lassen, wie sehr sie Marcels Reaktion überforderte. Ja, sie hatte mit seiner Wut gerechnet, aber irgendwie fühlte es sich eher wie mörderischer Hass an. »Marcel, ehrlich, scheiße gelaufen, und du kannst meinen Bruder verprügeln – verdient hat er's. Aber vielleicht solltest du dich erst um Amelie kümmern. Die braucht dich jetzt.«

»Nikolas. Das war er, nicht wahr? Dieser Bastard!« Marcel griff nach Amelie, die aufsprang.

»Nikolas? Nikolas?«

»Okay, nun ist ihr aber so was von die Sicherung durchgeknallt«, murmelte Jörg leise. Schnell duckte er sich, als Marcel zu ihm herumwirbelte. Amelie stürmte aus der Küche.

»Ähm, Marcel, no offense – aber ich glaube, Amelie läuft gerade weg. An deiner Stelle würde ich gucken, dass ich sie wieder eingefangen bekomme …« Kristina war hin und hergerissen. Sie wusste nicht, ob sie selbst ihr nachlaufen sollte oder ob das Marcels Aufgabe war.

»NIKOLAS!«

Okay, Amelies wildes Geschrei nach Nikolas nahm ihr die Entscheidung ab. Jetzt würde sie ihr doch folgen müssen. Und sie einfangen. Und notfalls einliefern. Irgendwo.

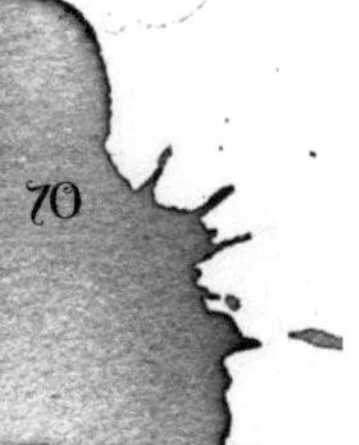

10.

Was habt ihr ihr angetan?!«, schrie Marcel. »Was ist mit ihr?«

»Also, naja, wenn Bienen und Blumen sich treffen …« Kristina wusste, dass sie sich auf gefährliches Terrain begab. Marcel sah aus, als würde er gerne jemanden umbringen. Oder zumindest sehr heftig dorthin treten, wo es wirklich wehtat.

»Ich weiß, wie Sex funktioniert! Was habt ihr mit meiner Schwester getan, dass sie in so einem Zustand ist? Habt ihr ihr irgendwas verabreicht?« Er klang, als würde er jemandem mit einem Klappstuhl ein wenig das Gesicht massieren wollen. Wütend. Eskalierend.

»Gar nichts! Krissi und ich haben nichts damit zu tun. Und Daniel auch nicht. Wenn du jemanden verprügeln willst, dann feel free – Nikolas ist oben.« Jörg hatte sich unwillkürlich vor Kristina und damit zwischen sie und Marcel gestellt. Kristina warf Jörg einen strafenden Blick zu. Auch wenn Nikolas es definitiv nicht anders verdient hatte, konnte sie nicht zulassen, dass Marcel ihn zu Brei verarbeitete. Immerhin war er ihr Bruder.

»Marcel, vielleicht solltest du dich erstmal um Amelie kümmern. Ihr geht's nicht gut, und Nikolas kannst du immer noch verprügeln. Der läuft nicht weg, im Gegenteil. Ich bringe ihn dir, verpackt als Geschenk.«

»Was? Bist du wahnsinnig? Der Kerl ist völlig hinüber! Der zermatscht dich und Niko!«, zischte Jörg. Er stellte sich zwischen Kristina und Marcel, auch wenn dieser lediglich besorgt um seine Schwester war, aber ansonsten keinerlei Drohgebärde getätigt hatte. »Der fasst dich nicht an! Das schwör ich dir!«

»Ja, ja, alles gut. Chill mal. Hat er auch gar nicht gesagt

oder sonst wer. Himmelherrgott, wir beruhigen uns einfach mal alle hier, okay?« Kristina gab es nicht gern zu, aber es war süß, wie Jörg sie beschützen wollte. Sehr süß, aber auch sehr seltsam. Seit wann kümmerte er sich um sie? »Marcel wird mir nichts tun. Und ich werde ihn jetzt mit Amelie gehen lassen, und dann kümmern wir uns -«

»NIKOLAS! NIKOLAS! NIKOLAS!«

»Kann die mal bitte jemand ausschalten?«, murmelte Jörg und fing sich dafür einen bitterbösen Blick von Marcel und Kristina ein. Er zuckte mit den Achseln, nicht bereit, sich zu entschuldigen.

»Ihr werdet dafür büßen! Ihr werdet büßen, für alles, was ihr ihr angetan habt!«, zischte Marcel, als er Amelie mühsam in die Arme nahm und von den Treppenstufen wegführte, die sie anschrie. »Das war das letzte Mal, das ihr ihr wehgetan habt!«

»Ja, verallgemeinern wir einfach mal fröhlich drauf los. War schon immer die klügste Idee. Himmelherrgott! Marcel, Jörg und ich haben versucht, ihr zu helfen! Ich kann doch auch nichts für meine Psychopathen von Brüdern!« Kristina huschte an Jörg vorbei und stellte sich zwischen Marcel und die Stufen. »Bitte! Sie ist meine Freundin. Ich würde ihr niemals, niemals etwas tun.«

»Du bist der Grund, warum es ihr geht, wie es ihr geht. Du bist kein Stück besser als deine Brüder!« Marcel zog Amelie mit sich, stieß Kristina erneut zur Seite. Geschockt taumelte sie gegen die Wand, starrte auf die Haustür, die noch offen stand. Amelie schrie immer noch nach ihrem Bruder – markerschütternd, laut, schrill. Ihr Verstand musste mehr gelitten haben, als sie gedacht hatte. Jörg fing sie auf, doch sie entzog sich ihm. Der Gedanke, dass ihre Freundin litt, brach ihr das Herz. Niemals hätte es so weit kommen dürfen! Wenn sie das gewusst hätte, hätte sie doch nichts an ihrem Aussehen verändert oder sich überhaupt erst mit Amelie angefreundet.

»Marcel! Amelie! Wartet!« Kristina stand auf der Schwelle, sprang die Stufen zur Straße hinunter – und lief direkt in jemanden hinein. »Uff!«

Der Aufprall war hart, ihr Steißbein schmerzte. Tränen schossen ihr in die Augen. Eine Hand erschien vor ihrem Gesicht.

»Komm, lass mich dir aufhelfen.«

Kristina zögerte, bevor sie die Hilfe annahm. Der junge Mann, in den sie gerannt war, zog sie auf die Beine. Sein Blick bohrte sich in ihren, als sie zu ihm aufsah.

»NIKOLAS! NIKOLAS! NIKOLAS!«

Das verzweifelte Schreien ihrer Freundin holte sie auf den Boden der Tatsachen zurück – und der Schmerz in ihrem Hintern war auch sehr hilfreich, ihr zu helfen, sich zu fokussieren.

»Sorry, ich hab dich nicht gesehen«, murmelte sie und wollte an ihm vorbei, doch er hielt sie fest. Irritiert starrte sie auf seine Hand, die ihren Arm umklammert hielt. »Lass mich bitte los. Mir ist nichts passiert, ich würde jetzt gerne gehen.« Das Tor stand weit offen – wieso war es nicht verschlossen? Hatte Marcel das getan? Wer aber hatte ihn hereingelassen? Und wieso war es nicht verschlossen worden, sobald – Kristina verengte die Augen, vergaß für einen Moment die Umgebung und verlor sich in Gedanken.

»Du bist eine von uns! Du bist mein Counterpart!« Bei seinen Worten durchfuhr es sie wie ein Blitz. Counterpart? Hatte er das wirklich gesagt?

»Jo, Alter, lass sie los. Was ist dein Problem?«, mischte sich Jörg ein und stieß den jungen Mann gegen die Brust. »Was willst du hier?«

»Du! Ich hab dich gesucht. Deine Magie und meine Magie – wir sind die Rettung für den jeweils anderen.« Er trat nah an sie heran und Kristina instinktiv von ihm weg.

»Jo, Alter, das ist ein wenig uncool. Verpiss dich!« Jörg

schob sich erneut vor Kristina. Diese linste über seine Schulter.

»Mein Name ist Jens. Jens Stettener. Ich bin … Wir sollten drinnen weitersprechen.« Er wandte sich nach Marcel und Amelie um, die mittlerweile miteinander rangen. Amelie schien nicht bereit zu sein, mit ihrem Bruder mitzugehen. Immer wieder schrie sie nach Nikolas – und lockte damit auch die Nachbarn auf die Straße. Kristina bedeckte ihr Gesicht mit den Händen. Wann hatte sie sich das letzte Mal so geschämt? Als Nikolas Daniel dazu geschrieben hatte, auf den Gehweg zu kacken oder als Daniel Nikolas dazu geschrieben hatte, sich eine Fingerpuppe auf den Penis zu setzen und damit auf dem Brunnen im Schlosspark zu tanzen?

Sie konnte sich beim besten Willen nicht daran erinnern. Oder entscheiden. Aber diese Situation gehörte auf jeden Fall unter die Top 10.

»Ja, ich glaube, drinnen reden ist gar nicht mal so eine dumme Idee«, sagte sie, auch wenn sie sich eigentlich lieber um Amelie gekümmert hätte. Doch die Pragmatikerin in ihr sagte ihr, dass das nicht viel bringen würde. Amelie würde jetzt so lange schreien, bis ihr Marcel mit etwas Schwerem auf den Kopf schlug oder aber ihre Stimme nachgab. Währenddessen könnte sie sich ja anhören, was dieser Jens zu sagen hatte. Vielleicht war es sinnvoll. Vielleicht ermöglichte er ihr einen Weg, ihre Brüder zu retten. Vielleicht war tatsächlich was an dieser Counterpart-Familien-Sache dran.

Sie würde es aber nicht erfahren, wenn sie weiterhin der badischen Version von »Endstation Sehnsucht« zuhören würden, die noch nicht mal fürs RTL2-Laientheater reichen würde. Eine Bewegung hinter einem der Fenster weckte ihre Aufmerksamkeit. Daniel? Nikolas? Einer von den beiden, wenn nicht sogar beide, hatten auf die Straße gesehen . »Kommt. Das wird hier nicht schöner. Im Gegenteil.«

Natürlich. Man musste ja sein neustes Werk begutachten.

»Du willst den jetzt nicht … Bist du wahns- Hast du nicht gesehen … KRISSI!«

Sie wirbelte zu Jörg herum. »Jörg. Dieser ominöse Kerl, an dem ich ebenabgeprallt bin wie jeder Vernunftsgedanke an Trump, weiß vielleicht, wie wir die Scheiße, die Niko und Dani da verzapft haben, wieder geradegebogen bekommen. UND er weiß, dass ich eine … Fähigkeit besitze. Wo ist also das Problem? Wenn er mir was antut, kann Dani das richten. Wenn er mich verprügeln will, kannst du dich gerne als Beschützer hervortun. Bis dahin lass mich herausfinden, was er weiß – oder was nicht!«

»Und ich steh übrigens noch neben euch, hi!« Der junge Mann, Jens, winkte.

Jörg verschränkte die Arme, folgte ihr aber und taktierte Jens mit Blicken, die Marcels in nichts nachstanden. Kristina verdrehte die Augen. Männer!

Jens sah sich neugierig um, während sie die Tür ins Schloss warf und Jörg ihn beobachtete, als wäre er eine tickende Zeitbombe, die jederzeit mit Kacke um sich werfen würde. »Du hast Geschwister? Zwei Brüder, nicht wahr?«

Gut, wieder kein Smalltalk. Kristina dirigierte ihn in die Küche und setzte sich. Wozu also dann höflich sein? »Ja.«

»Ich habe zwei Schwestern.« Er machte eine Pause. Jörg und Kristina wechselten einen Blick. Wollte er Mitleid? Sollten sie ihm einen Fleißsticker geben?

»Cool?«, sagte Kristina schließlich gedehnt. Jens sah sie nur an, ohne sie wirklich zu sehen, das war ihr klar.

»Ich habe zwei Schwestern, du zwei Brüder. Du bist ein Mädchen, ich ein Kerl.«

Beinahe hätte sie für diese brillante Erkenntnis geklatscht. Offensichtlich teilten sich die Counterpart-

Familien auch jeweils ein Gehirn. Und seine Hälfte war wohl komplett bei ihr gelandet.

»Ihr spiegelt uns, wir spiegeln euch. Ich habe lange gebraucht, um dich zu finden.« Jens lehnte sich zurück. »Deine Magie ist der Schlüssel für mein Überleben.«

»Und was kannst du?«, platzte es aus Jörg heraus. Jens sah ihn zum ersten Mal richtig an.

»Du hast keine Magie. Du bist ein normaler Mensch.« Er wandte sich wieder Kristina zu. »Du hast die Magie des Schreibens. Ich die des Lesens.«

Und jetzt? Sie unterdrückte den Drang, sich am Kopf zu kratzen und mit den Achseln zu zucken.

»Wenn ich lese, was du geschrieben hast, wird es rückgängig gemacht, jeder Zauber wird aufgelöst, und du erhältst deine Lebenszeit zurück«, erklärte er mit einem Seufzen. Kristina riss die Augen auf. Hatte sie das richtig verstanden? Hatte er das wirklich gesagt?

»Alles?«, sprach Jörg die Frage aus, die Kristina auf der Zunge brannte.

»Alles. Und wenn ich alles gelesen habe, verschwinden unsere Magien vollständig und wir werden zu normalen Menschen.« Jens räusperte sich. »An deinen Manieren kann ich zweifellos nichts mehr ändern, aber es wäre nett, wenn du mir etwas zu trinken geben könntest.«

»Klar, was darf's denn sein? Kaffee, Bier, Wasser, Champagner, ein fröhliches Fick-dich?«, fauchte Jörg wütend, während Kristina eine Flasche Wasser auf den Tisch stellte. »Möchte der König noch ein wenig Saft?«

Kristina trat nach ihm. Dass er Jens anpöbelte, war nicht Sinn und Zweck des Ganzen. Sie reichte Jens ein Glas und schenkte ihnen beiden ein. Jörg benahm sich dermaßen unhöflich, dass sie ihn dafür nicht belohnen würde.

»Sorry, aber ich bin es nicht gewohnt, dass andere wissen, was ich kann. Oder mir eine Möglichkeit bieten, normal zu werden. Woher weißt du von uns?

Woher weißt du von unseren … meinen Fähigkeiten?«
Sie verschränkte die Arme. Das alles war ihr schon ein
wenig suspekt, auch wenn sie hoffte, dass es stimmte,
was er sagte.

»Wir führen Buch über jede Familie, die wie wir ist.
Dadurch, dass wir lesen, sehen wir, ob jemand magisch ist
oder nicht.« Jens nahm einen Schluck. Ihre angespannten
Nerven ließen sie unwillkürlich zusammenzucken, als
sie das Schluckgeräusch vernahm. »Dieser junge Mann
und die schreiende Frau – sie haben auch Potential. Sie
müssen eine der alten Familien der Stadt sein, nehme ich
an. Wie heißen sie mit Nachnamen?«

»Marcel und Amelie? Die sind … Ich glaub, die
gehören nicht zu den Urfamilien, oder?«, wandte sie
sich an Jörg. Der zuckte mit den Achseln. War er echt
so sehr beleidigt? Kristina verdrehte die Augen. Oder
wusste er es einfach nicht und wollte es nicht zugeben?
Interpretierte sie mehr in seine Geste hinein, als dahinter
steckte? Ihre Nerven lagen einfach blank, daran musste
es liegen.

»Ihren Nachnamen!«, verlangte Jens deutlicher zu
erfahren.

»Sie heißen Zimmerer«, kam es zögernd von Jörg,
bevor sie reagieren konnte. »Also nichts großartig Altes.«

»Das hast du nicht zu entscheiden, Mensch.« Jens zupfte
an seinem Shirt. »Das ist nicht ihr richtiger Nachname.
Sie haben ihn sicher geändert, so wie ihr. Sommerfeld.
Gefällt mir. Ist nicht so wulstig wie Wallenstein.« Er
streckte sich. »Wir haben unseren Namen behalten. Aber
wir fallen mit »auf der Alb« ja auch nicht auf.«

»Schwaben«, spuckte Jörg aus.

»Besser geizig als gelbe Füße«, schoss Jens zurück.

»Sagt der, der nix kann. Nicht mal Hochdeutsch.« Jörg
schien es wirklich drauf anzulegen, dass ihm Jens eine
verpasste. Kristina rümpfte die Nase. Nicht, dass sie Jörg
nicht insgeheim zustimmte – Schwaben! Also ehrlich.

Die mit ihrem schlechten Wein und ihrem schlechten Benehmen und ihrem Pfennigfuchsen!, dennoch war seine Unhöflichkeit beinahe schon beleidigend.

Okay, nicht beinahe. Sie war beleidigend.

Und dabei wollte sie Antworten, nicht noch mehr Ärger. Wenn Jens am Ende auch nach Niko rief, würde sie auswandern, auch wenn es dafür eigentlich keinen Anlass gab. Doch heute war alles möglich, glaubte sie.

»Gut, dann haben wir also die typischen bundesländlichen Spitzen ausgetauscht – können wir uns jetzt den wichtigen Dingen widmen?«, ermahnte sie die beiden. »Wie viele Familien gibt es? Woher wusstest du von uns? Woher weißt du von den anderen?«

»Weil wir alle Menschen lesen. Und Buch führen. Uns entgeht nichts. Wir haben nur auf den richtigen Moment gewartet, uns euch zu offenbaren. Meine beiden Schwestern sind die Counterparts deiner Brüder, ich deiner. Und so verhält es sich auch mit den anderen Familien. Es gibt immer einen Part, der die Magie neutralisiert.«

»Dann ist deine Magie keine so aktive wie meine?«, hakte sie nach.

»Nein. Wir lesen das Innerste – Charakter und Essenz. Das hilft uns, die richtige Entscheidung zu treffen. Wir leben auch lange, aber … wir zahlen unseren eigenen Preis. Wir verlieren an Menschlichkeit und werden zu Psychopathen. Wir verlieren auch die Fähigkeit, Mitgefühl zu entwickeln oder Gnade zu zeigen. Dann setzen wir uns nur für das ein, was *wir* für richtig halten und bestrafen die, die in unseren Augen Freveltaten begehen. Wenn wir dann nicht rechtzeitig mit einem von euch zusammentreffen und unsere Magie mit eurer gleichsetzen, ist das nicht sonderlich gut für unser Umfeld«, erklärte Jens.

»Ich verstehe«, murmelte Kristina.

»Echt?«, entfuhr es Jörg. »Ich nicht.«

»Er will damit sagen, wenn sie zu viele Menschen lesen, werden sie zu Serienmördern.« Das war vielleicht ein wenig überdramatisiert, doch Unrecht hatte sie nicht, oder?

Jörg rutschte ein wenig von Jens weg.

»Himmel, beruhig dich, das heißt ja nicht, dass er jetzt schon einer ist.« Kristina hob eine Augenbraue. »Oder?«

Jens warf den Kopf in den Nacken und lachte. »Nein. Aber ich merke, dass es mir nicht guttut, unter Menschen zu sein. Wir leben sehr einsiedlerisch, weil wir eben wissen, dass wir uns schnell verlieren.« Er trank das Glas in einem Zug leer. »Aber weil ich es echt leid bin, mich zurückzuziehen – lass uns doch einfach mal anfangen und das Ganze über die Bühne bringen.«

11.

Und wie soll das ablaufen?«, fragte Jörg, während er den beiden hinterhereilte. Kristina und Jens stiegen schneller die Stufen hoch, als er erwartet hatte, und es gefiel ihm nicht, wie leichtfertig sie ihm vertraute und in ihr Leben ließ. Er hatte es nur durch einen Zufall in ihr Zimmer geschafft, aber diesen Typen, den sie noch nicht mal eine halbe Stunde kannte, nahm sie direkt mit, und ignorierte ihn.

Vielleicht sollte er Dani um Hilfe bitten.

Abrupt drehte sich Jens zu ihm um. »Deine Essenz verfärbt sich.«

Ja! Sprich ruhig mit mir, als wärst du das fleischgewordene, sacktragende Orakel von Delphi! Jörg wusste nicht warum, aber dieser Typ war ihm wirklich zuwider. Kam hier her, führte sich auf, als wäre er das Allheilmittel gegen alles außer fehlende Prozente auf Tiernahrung beim Praktiker, und sagte ihm, er hätte keine Manieren! Man sagte nicht einfach einem fremden Menschen, dass sich die Essenz verfärbte, was auch immer das bedeutete. Er ballte die Hände zu Fäusten. Vielleicht sollte er einfach Niko um Hilfe fragen.

Aber dann würde dem Kerl wohl ein zweiter Penis oder ein Horn auf dem Kopf wachsen. Ein weißer Fleck auf der Stufe irritierte ihn für einen Augenblick und damit lang genug, damit die beiden ihn abhängten. Jörg beugte sich vor, um zu erkennen, was es war, und zuckte angewidert zurück. Hier musste Amelie wohl nackt gesessen und geweint haben. Zumindest zeugten die Spuren davon, dass sie dort gesessen hatte – nackt.

Oder Niko hatte sich nicht nur auf seine Fickhölle beschränkt und sie einmal durch das Haus ge-. Jörg schüttelte den Kopf. Den Gedanken wollte er nicht zu Ende denken, das Kopfkino würde ihn noch lange verfolgen, und er war sich nicht sicher, ob er Amelie jemals wieder ins Gesicht sehen konnte, wenn er jetzt nicht an niedliche Hundewelpen oder entspannendes Kaminfeuer dachte.

Oder daran, dass Kristina mit Jens alleine war.

Wut flammte in ihm auf.

Kristinas Herz schlug schneller. Jens hatte etwas an sich, was es ihr leicht machte, ihm zu vertrauen. Und selbst wenn er ein Arsch war, konnte sie es ihm immer noch heimzahlen. Ihre Lebenszeit war noch nicht so weit aufgebraucht, dass sie ihm nicht das Leben zur Hölle machen konnte.

»Deine Essenz verfärbt sich.«

Kristina verdrehte die Augen. Was für ein selten dummes Gelaber!

»Sorry. Ich hab nur überlegt, was ich machen soll, falls du mich angelogen hast.« Sie zuckte mit den Achseln. »Ein Mädchen muss sich schützen.«

»Du hast genug Lebenszeit übrig, um mich bis ins Rentenalter zu verfluchen. Also, warum sollte ich dieses Risiko eingehen?«

»Du kannst auch lesen, wie viel Zeit mir noch bleibt?«, fragte sie entgeistert. Das war irgendwie unheimlich.

Also, unheimlicher als alles andere.

»Ja, natürlich. Ich muss doch wissen, wie viel ich lesen muss. Wie viel ich aufgeben muss, bevor alles wieder im Lot ist.« Er klang amüsiert und gleichzeitig verzweifelt. »Und wenn ich zu lesen anfange, muss ich weiter machen. Bis alles gelesen ist. Sonst gibt es für mich keine

Rettung.«

»Alles?«

»Alles.«

Kristina biss sich auf die Unterlippe. Eine dumme Angewohnheit, die sie in diesem unsäglichen Schmuddel-Fickificki-Roman, den alle noch immer verschämt auf dem Reader lasen, schon nervig fand, ihr aber ständig unwillkürlich passierte. Er musste also alles lesen. Alles rückgängig machen. Jedes Wort.

Dann würde sie auch ihren Finger erneut verlieren.

Ihre Naturhaarfarbe zurückbekommen.

Und Amelie …

»Ich kann dich nicht alles lesen lassen«, flüsterte sie leise.

»Wieso nicht?« Sie hatte erwartet, dass er entsetzt oder zumindest empört klang. Doch sein Tonfall war so neutral und ruhig, dass er auch locker die Tagesschau hätte moderieren können. Falls es diese noch gab. Wusste sie ja nicht, war zu jung dafür.

»Ich kann dich nicht alles lesen lassen. Ich kann das Amelie nicht antun.« Konnte er nicht verstehen, dass sie ihre Freundin nicht wieder zu einem Dasein im Schatten verdammen konnte? Kristina brachte das nicht übers Herz. Sie konnte das nicht machen. Nicht nach allem, was ihre Brüder Amelie angetan hatten.

»Du willst dein Leben opfern und meines mit dazu, nur weil du sie … Was hast du ihr geschrieben?« Jens kniff die Augen zusammen. »Was hast du getan, was du nicht ungeschehen machen willst?«

»Ich habe … Ich habe …«

»Sie hat sie heiß geschrieben. Fickbar, wenn man so will«, kam es von Jörg. »Davor war Amelie fett und hässlich.«

»Sie war nie hässlich! Sie hat ein goldenes Herz und …«

»Und ein Gewichtsproblem. Kannste nicht einfach

Dani oder so bitten, sie wieder hübsch zu machen?«

Sie funkelte ihn wütend an. »Sie ist ein wunderbarer Mensch! Sie hat das eigentlich nicht nötig.«

»Dann sollte es dir doch nichts ausmachen, wenn ich alles lese. Dann kann sie immerhin sie selbst sein und …«

»Und erneut in das Loch fallen, in das sie all das Bodyshaming gezogen hat? Dann hab ich noch einmal eine zutiefst deprimierte Freundin, die die ganze Zeit an Suizid denkt! Nein. Ich hab ihr was Gutes getan.«

»So gut, dass deine eigenen Brüder sie misshandelt und ihren Verstand zerquetscht haben. Das ist natürlich viel, viel besser«, spottete Jens. Er ging durch ihr Zimmer, direkt zu ihrem Schreibtisch. Ohne sie um Erlaubnis zu bitten, griff er nach ihren Büchern und blätterte in einem herum.

»Ähm, hallo?« Kristina ging zu ihm, wurde aber von Jörg festgehalten. »Was soll das?«

»Ich finde es gut. Du kannst … Du erhältst die Chance, ein normales, glückliches Leben zu führen.« Er schluckte, schien nervös. »Du kannst dich verlieben, kannst lang leben, eine Familie gründen, deine Wünsche und Träume erfüllen.«

»Und alles verlieren. Meine beste Freundin ins Unglück stürzen«, flüsterte sie. »Ich kann ihr das nicht antun .«

»Lieber zwei Leben für ein Ego opfern?«, fauchte Jens. »Das ist viel sinnvoller!«

»Kannst du nicht, wenn du deine Magie unbedingt loswerden willst, das Zeug meiner Brüder lesen?« Kristina versperrte ihm den Weg zu den anderen Büchern. »Die brauchen die Neutralisierung dringender.«

»Aber ich bin auf dich geprägt!« Und zum ersten Mal wurde er lauter. »Ich kann nur deine Magie neutralisieren, nicht die deiner Brüder! Das müssen meine Schwestern machen. Und die lass ich sicher nicht in die Nähe deiner Ficker-Brüder!«

»Dann sterben wir eben alle an unseren Fähigkeiten!«, keifte sie zurück.

Vor Wut kochend standen die beiden sich gegenüber. Kristina atmete schwer, musste sich zusammenreißen, nicht auszurasten und ihm mit den Fingernägeln das Gesicht zu zerfetzen.

Amelie fühlte nichts. Innerlich war sie erstarrt. Daniels Worte brannten in ihrer Seele nach. Hass, Wut, Verzweiflung mischten sich zu einem Crescendo aus Gefühlen, die sie in die Knie zwangen. Sie blieb stehen, ihr Herz drohte zu zerspringen. Marcel blieb ebenfalls stehen, doch es interessierte sie nicht. Amelie schluchzte, die Tränen brannten sich förmlich in ihre Haut.

Eine Stimme in ihrem Kopf lockte sie, spottete, lachte.
Sie ballte die Hände zu Fäusten, öffnete den Mund.
Und schrie.
In den Schatten glühte ein rotes Augenpaar auf.

12.

Ich will, dass du Niko rettest.« Sie hatte die Arme verschränkt, zwang sich, ruhig zu bleiben. Ausrasten wäre zwar eine verdammt gute Option, aber keine hilfreiche. Sie wollte ja, dass Jens Niko rettete – und ausschaltete. Irgendwie.

»Ich kann nicht!«

»Warum nicht?« Kristina weigerte sich, das einfach so zu akzeptieren.

»Noch mal: Weil ich auf dich geprägt bin! Ich muss deine Magie neutralisieren. So will es das Gesetz unserer Magie.« Jens schüttelte den Kopf. Er schien nicht glauben zu können oder wollen, dass sie das nicht verstand. Kristina rümpfte die Nase. In ihren Ohren klang es eben wie eine Ausrede. Und zwar nicht die gute Sorte Ausrede, sondern die »ich bin eigentlich Teil des Twilight-Casts, hab's aber aufgrund fehlender Bauchmuskeln nicht in den Film geschafft«-Art von Ausrede.

»Das muss man ändern können ...« Bevor sie es wirklich merkte, hatte sie den Gedanken ausgesprochen. Jörg schien das als Zeichen zu sehen, sich helfend einzumischen. Mit großen Schritten war er bei Jens und hielt ihn fest. Dieser wehrte sich.

»Krissi! Beeil dich!« Jörg keuchte. »Ich kann ihn nicht lange festhalten. Schreib!«

Sie würde sich bei ihm bedanken, wenn sie fertig war. Zeit vergeuden war jetzt der falsche Weg. Jörg hatte verstanden, was sie geplant hatte, ohne dass sie es mit ihm absprechen musste.

Ein Lächeln huschte über ihr Gesicht, als sie rasch ihr Armband abnahm und zum Füller ausschüttelte. Ihre Hand zitterte, als sie schrieb und das Schicksal erneut veränderte.

Schlampig und unsauber. Aber für mehr blieb ihr keine Zeit, das wusste sie.

Amelie schrie. Etwas in ihr zerbrach. Etwas in ihr starb. Ihre Seele? Ihr Herz?

Sie wusste es nicht.

Die Stimme in ihrem Kopf lachte, verspottete sie. Ließ sie all das, was Niko mit ihr getan hatte, erneut durchleben.

Das ohrenbetäubende Kreischen, das sie ausstieß, schmerzte sie. Amelie ging in die Knie, schlug mit den Händen auf den Boden ein. Blut bedeckte ihre Haut, den Asphalt. Der Schmerz in ihren Inneren wurde stärker, ließ sie zittern. Alles wurde überlagert von diesem Gefühl, das sie einnahm und fest im Griff hielt. Sogar ihr Bruder, der neben ihr stand und wohl versuchte, zu ihr durchzudringen, verlor an Bedeutung.

Amelie konnte spüren, wie ihre Stimme aufgab. Wie sie aufgab.

Die Stimme in ihrem Kopf lachte.

»Hör auf … hör auf … hör auf!«, wimmerte sie. Um laut zu werden, hatte sie keine Kraft mehr.

»Ams? Ams, hörst du mich?« Marcel kniete neben ihr. Marcel. Ihr Bruder. Ein Lächeln wollte sich auf ihr Gesicht stehlen, doch sie konnte nicht. Er rüttelte an ihren Schultern, suchte nach einem Zeichen, dass sie noch bei ihm war. Wie gern würde sie ihm sagen, dass sie ihn hörte, ihn verstand, doch sie war eine Gefangene ihres eigenen Geistes.

Die Stimme in ihrem Kopf dröhnte. Lockte sie, verspottete sie, brach den Rest ihres Verstandes.

»Sag ja! Sag einfach ja«, flüsterte sie in ihrem Kopf. »Sag einfach   ja, und ich werde dir jede Möglichkeit geben, dein Leben zu ändern.«

Amelie zitterte stärker. Mit ihren Fingernägeln fuhr sie sich durch das Gesicht, brauchte den körperlichen Schmerz, um zu testen, ob sie noch lebte.

»Ams? Ams?!« Marcel schien so weit weg zu sein. So weit weg und so leise. Ihr Blick verdunkelte sich, die Stimme wurde lauter und drängender. Sanft, hypnotisierend. Amelie gab auf. Ihr fehlte jegliche Energie, um sich zu wehren.

Sie hatte für gar nichts mehr Kraft.

Gequält schloss sie die Augen.

»AMS? AMS!«

Kristina zitterte, als sie den Füller absetzte und die glitzernde Schrift betrachtete. Noch nie hatte sie so unsauber gearbeitet. Noch nie in solcher Hektik geschrieben und jemandem ihren Willen aufgezwungen. Jörg ließ Jens los, der wütend Kristinas Schreibtisch leerfegte.

»Was sollte das? Das ist ... Das ist ... Wie konntest du das tun? Was hat es dich gekostet? Einen Monat? Ein halbes Jahr?«, schrie er sie an. Eine Ader an seiner Schläfe trat hervor. Seine Augen glitzerten vor Wut.

Kristina verschränkte die Arme. »Wo ist dein Problem? Du kannst jetzt alles lesen, was Niko jemals geschrieben hat und kannst dein und sein Problem lösen.« Sie lächelte ihn freudlos an. »Win-Win für alle von uns.«

»Bist du völlig gaga? Und was ist mit meinen Schwestern?« Auch Jens war offensichtlich kein Fan ihres Aufschriebes gewesen, doch Kristina ignorierte das. Sie hatte getan, was getan werden musste, um ihren Bruder vor dem Tod zu bewahren. Das würde ihr nun auch keiner ausreden oder schlecht reden können.

»Die wolltest du doch sowieso nicht in die Nähe der beiden lassen. Also wäre es nicht möglich gewesen, die Magie zu neutralisieren«, mischte sich Jörg ein. Kristina schenkte ihm ein dankbares Lächeln. Er schloss die Tür, ohne Jens aus den Augen zu lassen und ging dann zu Kristina hinüber. »Setz dich. Du bist ganz bleich und zitterst. Ich pass auf unsere Drama Queen Jens auf, bis Niko das Haus verlassen hat. Dann bringen wir die kleine Prinzessin hier nach oben und legen los.« Dass er damit den Schwaben meinte, war mehr als nur deutlich. Kristina hielt es nicht für richtig, ihn als Prinzessin oder Drama Queen zu bezeichnen, hatte aber keine Nerven mehr, zu widersprechen.

»Einen Scheiß machen wir!«, fluchte Jens. »Ich bin doch nicht eure kleine, verfickte Marionette!«

»Aber wenn du deine Magie loswerden willst, wird dir nichts anderes übrig bleiben«, feixte Kristina. Mit weichen Knien und einem Kreislauf so stabil wie das Rentensystem, wankte sie zum Bett und ließ sich fallen. Eine schwere Müdigkeit legte sich über sie; sie merkte noch, wie Jörg sie zudeckte, bevor ihr die Augen zufielen.

Jörg schubste Jens zum Sofa. »Du setzt dich da jetzt hin und hältst die Klappe. Von mir aus können wir Super Mario spielen. Aber du wirst dieses Zimmer nicht verlassen!«

»Und wie willst ausgerechnet du mich daran hindern?«, zischte er.

»Notfalls setz ich mich auf dein Gesicht und furz dich

bewusstlos!« Jörg stutzte einen Augenblick über seine eigenen Worte. Hatte er das ernsthaft so gesagt? Auch Jens schien sich nicht sicher zu sein, ob er das wirklich so verstanden hatte. »Okay, anders gesagt, ich würde dir so hart aufs Maul hauen, dass dein Schwäbisch zum Badischen wird.«

»Das … Alter!« Für einen kurzen Augenblick wirkte es, als würde sich Jens ein wenig für Jörg erwärmen. Ja, zu einem anderen Zeitpunkt wären sie vielleicht Freunde geworden, aber so stand er zwischen der Rettung Kristinas und seinem besten Freund. Was sollte er tun? Jörg musterte Jens aus dem Augenwinkel. Am liebsten wäre es ihm gewesen, wenn er Krissi gerettet hätte und eine seiner Schwestern Dani. Niko musste seiner Meinung nach nicht unbedingt überleben, auch wenn es ihr das Herz brechen würde. Aber es war für die Welt, die Frauen, alle Brüder und überhaupt für die Menschheit besser, wenn Karma mal richtig zuschlug. Nur durfte er das Kristina nicht sagen. Sie würde das nicht ganz so gut aufnehmen, glaubte er. Jens setzte sich bequemer hin, misstrauisch den Blick auf ihn gerichtet. Jörg hob eine Augenbraue. Der kleine Schwabe glaubte doch wohl nicht, dass er sich überlisten ließ? »Also – machen wir jetzt irgendwas? Anschweigen ist nicht das, was ich machen will, während ich auf unser Dornröschen warte. Ich weiß zwar nicht, worüber wir reden können, aber ich hasse diese Stille. Dann bin ich am Ende mit meinen Gedanken allein. Und da du mich sicher nicht an ihre Sachen gehen lässt …«

»Ganz sicher werde ich das nicht. Wie ist nun die Lage? Hat sie eine deiner Schwestern auf sich geschrieben und dich auf Niko? Und was passiert jetzt? Was, wenn er dir nicht alles gibt? Kann er das noch ändern? Hast du das gespürt?«

»Also, schüchtern und zurückhaltend biste wohl nicht, was?« Jens verschränkte die Arme hinter seinem Kopf.

»Sie hat mich auf Nikolas geschrieben, aber unsauber. Ihr letztes Schreiben, das sie auf mich geprägt hat, ist wie ein ekliger Nachgeschmack auf meiner Zunge. Als hätte ich Kutteln gegessen.« Er verzog das Gesicht. »Aber ich spüre ihre Magie nicht mehr. Sie hat wirklich sauber gearbeitet – jedes Mal, wenn sie etwas geschrieben hat, wurde mir warm und ein Geschmack von Honig und Zimt lag auf meiner Zunge.« Das Lächeln auf seinem Gesicht widerte Jörg an. »Und … es ist einfach nur … eklig. Nikos Schreiben überlagert alles. Es ist giftig, es ist widerlich, es schmeckt nach Oettinger. Und Württemberger. In Kombination.«

»Sehr bildlich«, lachte Jörg. »Und wie ist das, wenn du alles von ihm liest? Bekommt er seine Lebenszeit zurück?«

»Nein, ja … Ich weiß es nicht. Ich dachte immer ja. Aber das war auf Kristina bezogen. Niko schreibt so unsauber, dass ich mir nicht sicher bin, welchen Effekt es hat.«

Jörg runzelte die Stirn. »Aber seine Magie würde es trotzdem neutralisieren?«

»Ja. Aber ich weiß nicht, ob er seine Lebenszeit zurückbekommt oder drauf geht oder seine Zeit absitzen kann, die ihm noch bleibt.« Jens zuckte mit den Achseln. »Aber wenn mich nicht alles täuscht, wäre nur das Mädchen traurig darüber.«

»Da wär ich mir nicht so sicher. Sie hat am meisten unter ihren Brüdern zu leiden«, erwiderte Jörg und verschwieg beschämt, dass er es Kristina auch nicht immer einfach machte. Dass er bei den Späßen Daniels meist die treibende Kraft war oder sie nicht vor Niko beschützte, sondern sich sogar noch darüber lustig machte, zwang ihn vor lauter schlechtem Gewissen fast in die Knie. Gedankenlos hatte er die Magie seines Freundes genossen und nicht darüber nachgedacht, was das für andere bedeuten würde. Hatte Kristina jemals etwas getan, das irgendwem geschadet hatte? Jörg konnte sich nicht daran erinnern. Er lehnte sich zurück, den Controller in der Hand. Auf das Spiel konnte er sich nicht wirklich konzentrieren, und weil sie es so leise gemacht hatten, konnte er sich nicht einmal in dem Gedudel verlieren. Stattdessen wanderten seine Gedanken zur Magie, die die Geschwister besaßen und diesem ominösen Schwaben neben ihm. »Sag mal, wo kommt eure Fähigkeit eigentlich her?«

Jens atmete geräuschvoll ein, während er seine Antwort abzuwägen schien. »Ich weiß es nicht genau, es hat was mit einem alten Fluch der Gründerfamilien zu tun. Wie wir diesen aber auf uns geladen haben, kann ich dir nicht sagen. Da hat wohl jede Familienchronik eine andere Theorie.« Jens rieb sich den Nasenrücken. »Es sind auch nur die Familien betroffen, die am Schlossbau beteiligt waren und in den Adelsstand erhoben wurden.«

»Das ergibt absolut keinen Sinn.«

»Ja, was soll ich sagen? Eine andere Erklärung hab ich auch nicht.« Der junge Schwabe senkte den Kopf. »Wir wissen es nicht genau. Es soll was mit einem Dämon, einer Sukkubus zu tun haben. Einer Seelenverschlingerin, die den Familien in Zeiten größter Not Magie anbot und dabei einen hohen Preis forderte. Zumindest steht es so geschrieben.«

»Ein Dämon? Naja, also, das würde passen. Steht da auch, ob das einen Einfluss auf den Charakter hat? Würde zumindest Niko erklären«, murmelte Jörg.

»Nein, aber es steht geschrieben, dass die, die Lesen, drei Kinder haben und die, die schreiben, ebenfalls. In jeder Generation. Und das immer nur eines überlebt.« Er seufzte. »Und das bedeutet, dass entweder beide meiner Schwestern sterben oder ich. Kein schöner Gedanke.«

»Aber ihr verbraucht eure Lebenskraft nicht, oder? Wie sterbt ihr dann?«

»Du bist ein ziemlich pietätloser Eimer, weißt du das?

Und ich hoffe, ich muss dir das Wort nicht erklären.«

»Eimer?« Jörg schmunzelte. Der Schwabe war gar nicht mal so übel, dafür, dass er Schwabe war.

»Pietätlos.«

»Ich bin nicht dumm, ich weiß durchaus, was das bedeutet.« Jörg warf den Controller unsanft auf den Tisch. Das laute Geräusch ließ ihn zusammenzucken, und er sah sich rasch nach Kristina um, die noch immer schlief.

»Wenn der Schreiber, an den wir gebunden sind, stirbt, dann sterben wir auch. Bis dahin können wir uns aber durchaus als Psychopath einen Namen machen.« Jens schnaubte. »Glaub mir, das kann meine Familie echt gut. Ich weiß nicht, wie oft wir schon unseren Namen gewechselt haben, nachdem wir erklären mussten, dass wir nicht mit diesen Menschen verwandt sind, auch wenn wir es sind, weil, ich meine … aus offensichtlichen Gründen, ne?«

»Also, Psychopathen ohne Talent? Wenn ihr immer erwischt werdet?«

»Du hast … Ach, vergiss es.« Jens rieb sich den Nacken. »Auf jeden Fall hängen unsere Schicksale zusammen. Ich weiß nicht, woher die Kräfte kommen und wie sie richtig funktionieren. Diese Schriften müssten im Keller des Schlosses liegen. Ich weiß, dass es sechs Familien sind. Leser und Schreiber, Erschaffer und Zerstörer, Flüsterer und Schweigende. Und ja, ich weiß, wie prosaisch die Bezeichnungen klingen. So stehen sie nun mal geschrieben.«

»Prosaisch?«

Jens hob eine Augenbraue, als er den Kopf wandte. »Nüchtern. Wobei das eigentlich falsch ist. Es sind eher poetische Bezeichnungen.«

»Und man kann relativ gut von den Bezeichnungen auf die Fähigkeiten schließen. Also, Schreiber und Leser sind ja wohl klar«, erwiderte Jörg. »Aber sechs Familien?

Nicht mehr? Warum?«

»Keine Ahnung. Ich hab das nie hinterfragt. Ich wollte einfach nur wissen, wessen Magie ich aufheben muss, damit ich normal leben kann.«

»Was ja jetzt nicht mehr so leicht ist, oder? Sorry, aber ich kann Krissi verstehen. Sie will ihrer Freundin nicht noch mehr Leid zufügen. Nimm ihr das nicht übel.«

»Wie soll ich ihr das nicht übelnehmen? Sie verdammt mich zum Tod! Ich weiß nicht, ob das funktioniert – also, dass ich Nikolas' Magie neutralisiere, wie ich es mit ihrer getan hätte.« Jens wirkte ehrlich besorgt. »Ich weiß nicht, welche Auswirkung dieses Zwangs-Prägen hat. Aber nur sie kann es ändern, nehme ich an. Die anderen beiden dürften nicht genug Sprachvermögen oder Lebenszeit übrighaben.«

»Niko auf jeden Fall nicht«, stimmte ihm Jörg zu. »Das heißt, du kannst ihn nicht retten und dich wahrscheinlich auch nicht, oder?«

»Ich weiß es nicht. Aber ich muss es versuchen. Allein schon, um das Unrecht wiedergutzumachen.«

Jörg nickte langsam. Das war zumindest mal eine ehrenhafte Aussage. »Wirst du es trotzdem tun?«

»Seinen Scheiß lesen? Natürlich. Ich muss es doch immerhin versuchen, meine Magie zu neutralisieren. Irgendwie.«

»Dann sollten wir uns Zugang zu seinem Zimmer verschaffen. Keiner der Geschwister lässt sein … Geschriebenes herumliegen.« Jörg streckte sich.

»Und selbst wenn – außer ihnen kann es keiner ändern, nur meine Familie kann es aufheben.«

»Warte – hast du vorhin nicht gesagt, nur der, der auf einen geprägt ist, kann das aufheben? Und nun kann es auf einmal jeder aus deiner Familie?« Jörg starrte ihn wütend an. »Dann hätte sie ihre Zeit ja gar nicht auf das Umschreiben verwenden müssen!«

»So ist es besser, glaub mir«, erklärte Jens und sah auf

die Uhr. »Vielleicht sollten wir sie wecken und loslegen. Wer weiß, wann ihre Brüder zurückkommen und die Gelegenheit verstrichen ist, das Ganze aufzulösen. Wir sollten … nicht zu viel Zeit verstreichen lassen.«

Jörg verzog das Gesicht. Einerseits hatte Jens recht, andererseits würde er Krissi auch gerne einfach schlafen lassen. Aber irgendwann würden sie es machen müssen, warum also nicht jetzt? Warum noch länger warten?

13.

Kristina grummelte vor sich hin, als sie sie weckten, stand aber schließlich auf. Sie verstand die Dringlichkeit der Lage, auch wenn sie einen sehr langen Augenblick benötigte, um aufnahmefähig zu sein. Dass sie dabei eine dieser eklig süßen Energydrinks zu sich nahm, deren Geruch Jörg in der Nase stach, machte es nicht besser. Die knallpinke Dose schien ihn zu verspotten.

»Ich weiß nicht, wo Niko sein Buch aufbewahrt. Ich weiß auch nicht, wie er das immer macht. Aber wir finden es schon«, sagte Kristina und leerte die Dose. »Ich hab mir irgendwann mal – ich glaub, ich war zehn oder so – eine Art Super-Spürblock geschrieben. Sobald ich etwas suche, find ich's auch.«

»Kostet dieser Block … Lebenszeit?« Jens schien noch immer mehr erpicht darauf zu sein, ihr Geschriebenes zu lesen anstelle Nikos, doch Kristina wischte seine Bedenken zur Seite. »Nein. Das ist einfach ein Block, auf dem man schreibt, was man sucht. Dann reißt man das Blatt ab, zerknüllt es und wirft den Ball in die Luft – und folgt ihm dann.« Achselzucken. »Hat mich ein Jahr Lebenszeit gekostet, ist aber richtig nützlich. Ich setze ihn aber selten ein, er hat nur 100 Blatt und die sind schnell weg.« Sie gähnte und rülpste leise. »Verzeihung. Bin noch nicht ganz wach, mein Magen ist noch nicht stabil.« Kurzerhand öffnete sie eine neue Dose. Das Zischen und der Geruch, der folgte, ließen beide Männer eine Grimasse schneiden. »Boah, ihr Weicheier. So schlimm riecht das nicht.«

»Wenn du das sagst«, murmelte Jörg und setzte sich vorsichtig auf ihr Bett. Sein Blick verriet, dass er sich nicht sonderlich wohl fühlte und am liebsten für eine Grundreinigung gesorgt hätte – was Kristina ihm nicht verübeln konnte. Doch wenn sie sich genau umsah, half hier nur noch alles abreißen, renovieren und neu einrichten. Und niemand hatte Zeit für derlei Blödsinn, außer vielleicht ihre Mutter und die betrat ihre Zimmer nicht mehr, seit sie sich gestritten hatten. »Kannst du mal aufhören, so angewidert zu gucken? Ich weiß, dass ich nicht die Hausfrau des Jahres werde, okay?«

»Ey, du züchtest hier deine eigenen Kulturen! Das hat mit Hausfrau sein nichts mehr zu tun!«, maulte Jörg und schnüffelte.

»Wenn ihr zwei dann fertig seid, euch zu benehmen, als würde nur eine ordentliche Portion Matratzensport helfen, damit die Spannung zwischen euch beiden abgebaut wird, fände ich es großartig, wenn wir uns auf das eigentliche Problem konzentrieren könnten. Wo sind Nikos Notizen?« Jens hatte die Arme verschränkt und schien sich gern gegen etwas lehnen zu wollen, war aber mitten im Raum stehen geblieben, denn in Kristinas Chaos schien er keinem Schrank, Regal oder Sessel zu trauen, dass er sich nicht etwaige Schimmelkulturen oder anderes einfing. »Ich hab keine Lust, länger als notwendig hier zu sein, wenn man mich schon zwingt, gegen mein eigenes Schicksal zu arbeiten.«

»Heul nicht rum, du kriegst deine Chance, deine Kräfte zu neutralisieren. Nur halt nicht mit meinen.« Kristina leerte die Dose in einem Zug und stieß noch einmal auf. Ein süßlicher Geruch hing für einen Moment in der Luft. »Wir müssen warten, bis mein Bruder verschwunden ist. Ich will mir nicht vorstellen, was passiert, wenn wir einfach so in sein Zimmer marschieren, einem Ball aus Papier folgen und anfangen, seine Notizbücher durchzublättern. Das Drama würde ich mir und uns gern ersparen. Wenn euch aber der Sinn danach steht, bin ich sicher, wir finden was im Trash TV. Auch wenn alles, was heute, gestern und überhaupt passiert ist, darauf hindeutet: Wir sind hier nicht bei RTL2!«

Die beiden Männer schenkten ihr einen wütenden Blick.

»Ja, beruhigt euch, das war doch nur ein Scherz. Aber wir müssen trotzdem die Zeit totschlagen, bis Niko sich aus dem Haus bewegt. Oder uns fällt ein guter Vorwand ein, ihn wegzulocken.«

»Also … theoretisch …« Jörg seufzte. »Also, theoretisch könnte man …«

»Junge, spuck's aus oder scheiß Buchstaben!«, pflaumte ihn Kristina an, doch Jens intervenierte sofort: »Letzteres bitte nicht hier.«

»Ihr seid echt doof, wisst ihr das?« Schnaubend zog Jörg sein Handy hervor. »Ich hab die Nummer von Amelies Bruder. Ich könnte eine Nachricht schreiben und ihn dazu bringen, mit Niko zu reden.«

»Meinst du, das bringt was? Niko wird sich sicher nicht freiwillig mit einem Kerl treffen, der ihm die Fresse polieren will«, gab Jens zu bedenken. Kristina nickte nur zustimmend, sie sah das ähnlich, wobei es durchaus funktionieren konnte, wenn Jörg sich nicht allzu ungeschickt anstellte. »Ich kann ja auch nachhelfen«, murmelte sie, was ihr von beiden ein wütendes »NEIN!« einbrachte. »Wenn ihr eine bessere Idee habt oder glaubt, so 'ne poplige Nachricht reicht aus, hey, have fun.« Dass sie sich wie eine beleidigte Leberwurst anhörte, war ihr durchaus bewusst. Ändern ließ es sich jetzt aber, nachdem sie es ausgesprochen hatte, nicht mehr.

»Kannst du … Kannst du ihn nicht zum Einkaufen schicken oder so? Pizza holen?«

Bei Jörgs Frage hob Kristina nicht nur eine Augenbraue, sondern beide. »Du weißt, dass er mir nichts holt, wenn ich ihn darum bitte? Als ob er jemals etwas für jemand anderes als sich selbst getan hat!« Sie gab es nicht gern zu, aber ihr Bruder war an Egoismus kaum zu überbieten.

Seine Liebe galt erst mal ihm selbst, dann ihm selbst und dann noch mal ihm selbst. Eventuell kamen dann irgendwann die Eltern, doch bis dahin war die Liste lang und es stand niemand sonst drauf als Nikolas.

»Na, er wird doch seiner kleinen Schwester sicher nichts abschlagen, oder?«, kam es nun auch von Jens – dem Kristina die Unwissenheit durchaus durchgehen lassen konnte. Immerhin war er ein Fremder, der nicht vollumfänglich wusste, wie ihre Brüder tickten.

»Nein. Er würde eher alles daransetzen, mich zu seiner Dienstmagd zu schreiben – und das ist kein Scherz.« Sie schnitt eine Grimasse. »Also, entweder wir setzen alles auf Marcel oder ich schreibe was, das Niko nach draußen treibt.«

»Nein! Ich will nicht, dass du noch mehr deiner Zeit opferst!«, rief Jörg und griff nach Kristinas Hand. Erstaunt blinzelte sie und starrte ihn an. Seine warme Berührung war neu, normalerweise hielt er immer Abstand zu ihr und schenkte ihr nicht mehr als ein Grinsen. So viel Aufmerksamkeit wie heute war sie von Jörg nicht gewohnt. Was geschah hier? »Ich ertr—«, unterbrach er sich selbst. »Ich will nicht, dass ihr eure Lebenszeit sinnlos hinauswerft.«

Jens schnaubte, und wieder einmal stimmte ihm Kristina insgeheim zu. Das war alles, aber nicht glaubwürdig gewesen. Sie schwieg und beobachtete, wie Jörg auf seinem Display herumtippte und eine Nachricht an Marcel schrieb – zumindest vermutete sie das.

»So. Und jetzt warten wir, ob Niko gleich das Haus verlässt.«

»Du bist dir ziemlich sicher, dass das geklappt hat«, murmelte Kristina. Sie zweifelte, dass es so einfach werden würde. Nikolas und Marcel mochten einander nicht, es gab also keinen Grund, warum Niko sich mit ihm treffen sollte, allerdings verstand sie ihre Brüder generell nicht und vielleicht war das so ein Männerding.

»Du musst nur das richtige Knöpfchen am Ego drücken, Marcel hasst deinen Bruder sowieso. Wenn er also eine Möglichkeit sieht, ihn aus dem Haus zu locken, damit wir etwas finden können, was helfen kann, ihn von Amelie fernzuhalten, ist Marcel sofort dabei.«

»Das hast du ihm gesagt?« Und das sollte funktionieren, fragte sie sich insgeheim.

»Joah, ich mein, er will seine Schwester schützen, und wenn wir was finden, was dafür sorgt, dass sie sich von ihm fernhält oder umgekehrt, dann wird er uns sicher nicht aufhalten. Deswegen hab ich ihm geschrieben, er soll Niko einfach ein wenig aus der Reserve locken, damit die beiden sich treffen und sich so lange wie möglich beschäftigen, damit wir genug Zeit haben. Mit etwas Glück wird Niko verprügelt und bekommt wenigstens einmal im Leben die Watsche, die er verdient.« Jörg zuckte mit den Achseln. »Ich würd's nicht anders machen, wenn ich ehrlich bin. Wenn jemand wie Niko hinter meiner Schwester her wäre, würde ich ihn eher mit 'nem Voodoozauber kastrieren als ihm zu helfen, im Höschen meiner Schwester zu landen.« Er rieb sich das Kinn mit dem spärlichen Bartwuchs. »Kannst du so was wie Voodoo?«

»Ey, seh ich aus wie eine Hexe?!« Kristina schlug ihm mit der flachen Hand auf den Hinterkopf. »Nur weil ich mit Blut schreibe, heißt das nicht, dass ich so einen Hokuspokus kann!« Das ungesagte »Depp« schwang in ihren Worten mit. Dennoch war sie ihm dankbar, dass er versuchte, die angespannte Stimmung mit einigen, nicht sonderlich gelungenen Scherzen aufzulockern. Sie drei waren so angespannt, dass sie, wären sie in einem Cartoon, allesamt schon ergraut wären.

Um sich zu beschäftigen, schrieb sie das, was sie suchten – Nikolas' blutgeschriebene Notizen – auf den Suchblock und kratzte sich am Ohr. Wenn ihr Bruder nicht bald aus dem Zimmer ging, würde sie wahnsinnig werden. Warten war nicht ihre Stärke, doch etwas zu schreiben, damit Niko das Haus verließ, war nicht möglich, solange die anderen bei ihr waren. Es juckte sie zwar im Finger, sich diesen Vorteil zu verschaffen, doch dafür müsste sie Jens und Jörg entweder loswerden oder bewusstlos machen, und beides erschien ihr weitestgehend unmöglich. Da war es wahrscheinlicher, dass Niko eine Art Gewissen entwickelte. Und das gehörte zu den Dingen, die definitiv nie passieren würden.

Schweigend warteten sie und versuchten, einander unauffällig zu betrachten – zumindest die beiden Männer taten das. Kristina hätte liebend gern die Augen verdreht, doch dafür war die Situation zu ernst.

Kristina überlegte, ob einer von ihnen Moos ansetzen würde, bevor Niko das Zimmer verließ, als ein lautes Türknallen und Gepolter auf den Treppenstufen sie hochfahren ließen.

»War das Niko?«, fragte Jörg und räusperte sich. »Können wir endlich was tun?«

»Entweder war das Niko oder ein kleiner Büffel«, grummelte Kristina. Mit einer fließenden Bewegung riss sie das Blatt vom Block und zerknüllte es. Die Kugel hopste auf dem Boden und setzte sich augenblicklich in Bewegung.

»Boah! Und … UND DAS FUNKTIONIERT JA TATSÄCHLICH!«, rief Jörg aus, das Staunen in seiner Stimme ließ ihn wie einen kleinen Jungen klingen. Kristina überlegte, ob sie etwas Bissiges sagen sollte, entschied sich dagegen. Er war nicht mit Magie aufgewachsen, sie schon. Für ihn war das alles neu.

»Junge, was los mit dir? Sie hat uns doch gesagt, was dieses Papier kann.«, fauchte Jens. Seine Laune war wohl an einem Tiefpunkt angekommen. Kristina verdrehte die Augen, ließ den einen keifen und den anderen zicken wie zwei pubertierende Teenies. Um da zu schlichten, fehlten ihr die Lust und die Nerven, und sie hatte schlichtweg Besseres zu tun. Sie beeilte sich, die Zimmertür zu öffnen und dem Papierknäuel zu folgen, als es über den Gang zur Treppe kullerte – dass jeder von ihnen ein eigenes Stockwerk bewohnte, war irgendwie dekadent, aber von Vorteil –, und sprang die Stufen zu Nikolas hinauf. Vor seiner Tür blieb sie stehen und zögerte. Doch der Papierball sagte deutlich, dass er hineinwollte, denn er flog immer wieder gegen das Holz. Vorsichtig drückte Kristina ihr Ohr an die Tür, um zu lauschen, ob Niko wirklich weg war, und klopfte zur Sicherheit noch mal. Bevor aber jemand hätte antworten können, war Jörg schon an ihr vorbei gehechtet und hatte die Klinke gedrückt.

»Alter! Was, wenn Niko noch da wäre?«, rief ihm Kristina nach, als sie folgte.

»Dann hätte er nicht mehr getan, als mich anzuschreien und rauszuwerfen. Hier, dein kleiner Papierball ist voll dabei, dass wir hier rein sind. Der sucht ja noch immer.«

»Oder hat's gefunden«, schlussfolgerte Jens, der nun ebenfalls eintrat. »Auch wenn ich nicht weiß, warum er die ganze Zeit gegen die Wand neben dem Bett kracht.«

Kristina runzelte die Stirn. Wären sie in einem Computerspiel, wäre hier sicher eine verborgene Tür oder etwas, das zur Seite schwenken konnte, um das dahinter Verborgene preiszugeben. Doch das war schon absurd oder? Wie sollte Niko das hinbekommen haben? War ja nicht so, dass er handwerklich begabt war oder genug Fantasie besaß, um auf so etwas zu kommen. Sie schüttelte den Kopf.

Aber sie war offensichtlich allein mit diesem Gedanken.

Sowohl Jens als auch Jörg waren an die Wand getreten, den Blick auf den Papierball gerichtet und untersuchten die Wand.

»Ist das euer Ernst?«, murmelte sie und verschränkte die Arme. »Mein Bruder wird sicher nicht …« Sie blinzelte. Wie in einem schlecht geschriebenen Hollywoodfilm schwang die Wand zur Seite und gab ein geheimes Regal frei, als Jens und Jörg gleichzeitig auf die beiden Lichtschalter gedrückt hatten. Sie musste ihre Ansicht über Niko wohl korrigieren. Ein wenig Fantasie schien ihr Bruder schon zu besitzen.

»Okay, das kam jetzt unerwartet«, sagte sie unwillkürlich, als sie näher trat.

»Der Papierball ist schier ausgeflippt, als wir die Lichtschalter berührt haben. Also hatten wir beide wohl den gleichen Gedanken, aber jeder mit einem anderen Ziel. Ist doch auch egal – wir haben es gefunden.« Jörg bückte sich und hob den Ball auf, der daraufhin verpuffte. »Oh, okay. Das ist …«

»Nur keine Spuren hinterlassen, so hab ich den Block konstruiert.« Sie zwinkerte. »Also gut, lasst uns mal einen Blick in die Abgründe meines Bruders werfen. Und du«, wandte sie sich an Jens, »Liest brav alles auf!«

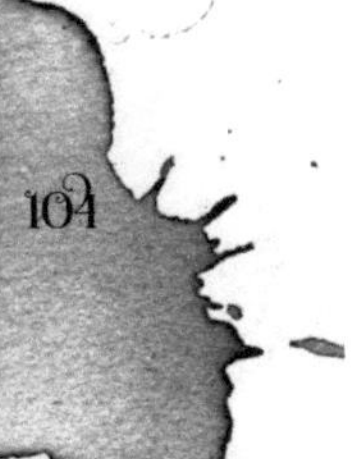

14.

Sie sahen sich um, jeder mit einigen Notizbüchern auf den Armen. Kristina schnitt eine angewiderte Grimasse, Jens und Jörg versuchten, einen ansatzweise neutralen Ausdruck zu bewahren.

»Ey, ich trau mich nicht, mich irgendwo hinzusetzen«, murmelte Kristina. »Wenn wir 'ne Schwarzlichtlampe anmachen würden, wär das hier das reinste … Chagall-Gemälde.«

»Dir ist grad kein anderer Maler eingefallen oder?« Jörg schüttelte den Kopf. »Aber wahrscheinlich hast du recht. Der Boden wird hoffentlich am harmlosesten sein.« Zweifel schlichen sich in seinen Blick. »Wobei ich mir da aber nicht sicher bin.«

»Stellt euch nicht so an«, motzte Jens und setzte sich im Schneidersitz auf den Boden. »Wir haben eine Aufgabe, oder eher hab ich eine von euch aufgezwungen bekommen. Also, lasst es uns hinter uns bringen.«

Kristina nickte – wie so oft heute. Vielleicht wäre es sicherer, wenn sie in ihrem Zimmer lesen würden? Hier könnten sie jederzeit erwischt werden, allerdings konnten sie so auch schneller die Bücher ins Regal zurückstellen und sich davonmachen, wenn Niko zurückkam. Dennoch fühlte es sich nicht richtig an, hier zu sitzen und zu lesen.

»Wollen wir nicht lieber …« Sie sprach die Frage nicht aus, war auch nicht nötig, die beiden ignorierten sie sowieso. Beide Männer waren völlig in das vertieft, was sie lasen, und Kristina kam nicht länger gegen ihre Neugier an. Noch immer angewidert ließ sie sich ebenfalls auf den Boden sinken und schlug eines der Notizbücher auf. Was sie las, schockierte sie nicht sonderlich – immerhin wusste sie, wie ihr Bruder funktionierte –, doch die unsaubere Art seines Schreibens ließ ihr die Haare zu Berge stehen.

Jens bemühte sich, sich nichts anmerken zu lassen. Kristina hatte ihn gezwungen, Nikos Magie zu neutralisieren und alles zu lesen, was dieser geschrieben hatte, einfach weil sie nicht wusste, was die schwerwiegendsten Sachen waren und so zumindest alles, was Niko getan hatte, rückgängig gemacht wurde. Abgesehen davon konnte sie seine Sauklaue nicht lesen und war zutiefst von Jens beeindruckt, dem das wohl mühelos gelang. War das Teil seiner Fähigkeit?

Diese *Zwangsumprägung* war aber nicht ohne Nebeneffekt, das wusste er. War sich Kristina dessen bewusst? Er bezweifelte es. Aber es war nicht seine Aufgabe, ihr das zu sagen. Sie hatte ihn mit aller Macht auf ihren Bruder geschrieben, dann musste sie auch mit den Konsequenzen leben.

Er ebenfalls, wie es aussah. Und da seine Konsequenz darin bestand, alles zu lesen, was dieser Widerling geschrieben hatte, würde er wohl bleibende psychische Schäden davontragen. Jens hätte niemals gedacht, dass ein einzelner Mensch zu solch ekelerregenden Taten fähig war und anderen so viel Schlechtes wünschte. Allerdings hielt er den Beweis in den Händen und kämpfte gegen spontanen Brechreiz an.

Nikos Konsequenz war, dass er sterben würde. Jens hätte mit der Neutralisierung von Kristinas Geschriebenem ihr die Lebenszeit zurückgegeben, aber nun? Nun würde er Niko neutralisieren, aber dennoch zum Tode verdammen. Zu einem sehr frühen Tod.

Verdient, wenn er las, was dieser Typ alles geschrieben hatte. Dennoch war es Kristina gegenüber nicht fair, dass er dafür sorgte, dass ihr Bruder starb, wo sie ihn doch eigentlich retten wollte, oder?

Jens blätterte die leeren Seiten um, las weiter und war froh, nicht viel im Magen zu haben. Er würde sich wirklich sehr gerne übergeben oder in Säure baden, um das ekelhafte Gefühl auf der Haut loszuwerden, das er durchs Lesen bekommen hatte. Mit jedem Wort, das er las und das sich auflöste, bekam er ein wenig mehr von seiner Menschlichkeit zurück, wie er anhand der überschwänglichen Gefühle bemerkte. So viel hatte er zuletzt gefühlt, als er ein kleiner Junge gewesen war – und das war jetzt auch schon einige Jahre her.

»Und? Klappt es?«, fragte Kristina, und das schlechte Gewissen ließ ihn zusammenzucken. »Ja, ich hab schon einiges neutralisiert. Aber noch lange nicht alles.« Er versuchte sie anzulächeln, hoffte, sie zu täuschen. Jens glaubte, dass Kristina ihn durchschaute, dass sie in sein Innerstes blicken konnte, so wie er in ihres. Doch sie nickte lediglich und schien mit seiner Antwort zufrieden. Mit einem leisen Seufzen machte sich Jens wieder daran weiterzulesen. Er zwang sich, Buchstabe um Buchstabe zu lesen, Wort um Wort. Nikolas entpuppte sich immer mehr als Widerling besonderer Güte. Wenn es nicht auch darum gehen würde, seine eigene Magie zu neutralisieren und sich selbst ein normales Leben zu ermöglichen, würde er einen Teufel tun und das alles lesen. So allerdings blieb ihm keine andere Wahl.

Zumindest um seinetwillen nicht, dank Kristina.

»SEID IHR EIGENTLICH NOCH ZU RETTEN?! WAS MACHT IHR HIER DRIN?!«

Vor Schreck ließen alle drei die Bücher fallen. Nikolas stand in der Tür – sie hatten ihn nicht kommen hören. Sein Gesicht war vor Wut verzerrt, mit einem Blick schien er die Situation erfasst zu haben.

»Niko! Niko, bevor du eine Dummheit begehst – der da« Kristina war aufgesprungen und hatte sich zwischen Jens und ihren Bruder gestellt. »Kann deine Magie neutralisieren und dich zum Menschen machen, also zum normalen Menschen, mit normaler Lebenszeit.« Sie hob beschwichtigend die Hände und trat einen Schritt auf ihren Bruder zu, der aussah, als würde er sich lieber eine Lavalampe dorthin schieben, wo kein Sonnenlicht jemals hinkam, bevor er zum normalen Menschen ohne Magie wurde. Jens hob das Buch auf und drückte es an seine Brust. Er würde jetzt sicher nicht aufhören zu lesen, nur weil dieses Ekelpaket nicht damit einverstanden war. Dafür fühlte er sich mit jedem Satz zu menschlich, empfand zu viel, um darauf jemals wieder verzichten zu wollen. Niko hingegen sah das wohl anders.

Mit einem wilden Knurren stieß er Kristina zur Seite, sprang auf Jens zu und schlug ihm ohne zu zögern ins Gesicht. Jens ließ das Buch fallen, rieb sich das Kinn und spuckte etwas Blut aus.

»Ey, das ist ja wie in einem richtig schlechten Hollywoodfilm«, nuschelte er. Sein Kiefer schmerzte, Blut lief ihm in den Mund, und der Schock, geschlagen worden zu sein, saß tief. Dabei entging ihm, dass Kristina ebenfalls zu Boden gegangen war.

»Krissi! Krissi, was ist mit dir?«, hörte er Jörg verzweifelt aufschreien. Niko schien sich nicht um seine Schwester zu scheren, im Gegenteil. Er trat mit dem Fuß nach ihr, schob sie unter Anstrengung zur Seite und baute sich vor Jens auf. »Du wirst mich nicht zum magielosen Loser machen! Du nicht! Und auch sonst keiner! Hast du mich verstanden?«

Jens sah die Faust nicht, so schnell schnellte sie nach vorne und landete erneut in seinem Gesicht. Taumelnd stolperte er einige Schritte, bevor er ebenfalls zu Boden fiel. »Junge, was los mit dir? Hör mal auf, nur an dich zu denken! Ich will dir helfen! Na ja, wollen ist wohl etwas zu viel gesagt. Ich muss dir helfen, sonst werde ich auch nicht mehr normal.« Jens spuckte erneut Blut und Spucke aus. Dass Badener immer so aggressiv sein mussten, hatte ihm auch keiner gesagt. Und da hieß es immer, die von der Alb seien Bauern! Dass er nicht lachte.

»ICH WERDE EUCH ALLE BÜßEN LASSEN! Ihr werdet alle leiden! Ich lasse mich nicht aufhalten! Ich werde euch -« Was auch immer Niko noch sagen wollte, ging in einem Gurgeln unter. Jörg stand über Niko, einen dicken Wälzer in der Hand.

»Hast du … ihn gerade niedergeschlagen?«, stammelte Jens.

»Ne. Der hat sich vom geballten Wissen niederstrecken lassen, das ich in meinen Händen halte. Natürlich hab ich ihn damit k.o. geschlagen, du Depp.« Jörg warf das Buch zur Seite und sah sich um. »Was auch immer bei dem falsch im Kopf ist, wir müssen auf jeden Fall verhindern, dass er noch mehr dummes Zeug macht. Aber ich hab keine Ahnung wie.«

»Auf jeden Fall sollten wir abhauen. Also aus diesem Zimmer. Ich glaub, seine Begeisterung«, Jens trat nach Niko, »wird sich in Grenzen halten, wenn er wieder zu Bewusstsein kommt und wir noch immer hier sind.«

»Dann nehmen wir dir aber Lektüre mit.« Jörg klemmte sich ein Buch unter den Arm und hob dann Kristina hoch. »Uff. Für so ein zartes Mädel ist sie echt schwer.«

»Lass sie das niemals hören«, murmelte Jens, der sich einen ganzen Stapel Bücher geschnappt hatte und den beiden folgte.

Auf der Treppe begegneten sie jemanden, den Jens noch nicht kannte, er vermutete, dass er das dritte Kind der Familie war.

»Dani, hilf mir mal mit deiner Schwester«, keuchte Jörg. Dani – wahrscheinlich mit vollem Namen Daniel, dachte sich Jens und musterte ihn. Das war also der

Zwillingsbruder von Nikolas. War er auch so ein Arsch?
»Kristina ist echt schwer.«

»Wieso trägst du sie überhaupt? Habt ihr sie … Habt ihr …« Daniel rieb sich die Stirn. »Ne, ich frag besser nicht nach.«

»WO SEID IHR, IHR WICHSER?!«, brüllte in diesem Moment Niko.

Jörg bedachte Daniel mit einem vielsagenden Blick, Jens tänzelte etwas unsicher auf den Stufen herum.

»Ah. Okay. Verstehe.« Daniel seufzte, bevor er an ihnen vorbeiging, um sich Niko in den Weg zu stellen. »Lasst es mich nicht bereuen, ja?«

15.

Niko warf wahllos Dinge gegen die Wand – gut, hauptsächlich waren es Bücher, und eigentlich auch nur die, die er mit seinem eigenen Blut vollgeschrieben hatte, doch das war ja egal, solange der Effekt der gleiche war: Viel Lärm und Dampf ablassen.

»Nikolas, beruhig dich doch. Was ist los?« Daniel stand im Türrahmen, die Tür halb geöffnet, sodass er sie jederzeit zuziehen und als Schutzschild nutzen konnte, wenn Niko sich dazu entschließen würde, Bücher nicht mehr an die Wand, sondern gegen seinen Bruder zu werfen.

»Was los ist? WAS LOS IST?!« Nikolas funkelte seinen Bruder an, schwer atmend. Am liebsten hätte er Daniel verprügelt, doch so wie dieser aussah, wusste er wirklich nicht, was vorgefallen war. »Unsere ach so liebe und unschuldige Schwester war mit ihren beiden Lovern in meinem Zimmer und hat gelesen, was ich geschrieben habe!«

»Ja, okay, bisschen kacke, weil Privatsphäre und so Zeug, aber doch kein Grund so auszurasten, oder?« Daniel zuckte mit den Achseln. »Ich mein, du hast Krissis bester Freundin echt übel mitgespielt. Da war doch klar, dass sie herausfinden will, was du getan hast, um es wieder gut zu machen.«

»DAS GEHT SIE ABER EINEN FEUCHTEN SCHEISS AN!« Niko trat nach einem Buch, das im hohen Bogen auf Daniel zuflog. Im letzten Moment konnte sich dieser noch ducken. »Bist du noch zu retten? Was hab ich damit zu tun?«

»Nichts. Du bist aber grad da, und unsere Schwester hat ihre beiden Bodyguards. Ich will wissen, was sie alles gelesen haben.« Niko blähte die Nasenflügel auf, als er sich nach einem Buch bückte. Angespannt blätterte er die Seiten um. Die leeren Stellen, an denen mal Wörter gestanden haben mussten, irritierten ihn. Wie war das möglich? Sie hatten in jüngeren Jahren doch alles versucht, um die Bücher zu zerstören, und hatten festgestellt, dass das nicht möglich war. Wie kam es also, dass einfach so Wörter, Sätze, ganze Seiten fehlten, plötzlich leer waren? Als wären sie nie beschrieben worden!

»Dani! Schau dir das an!« Niko wedelte mit dem Buch, zeigte seinem Bruder die leeren Seiten. »Schau dir das an!«

»Jetzt komm erst mal wieder runter«, murmelte Dani, nahm das Buch aber vorsichtig aus den zitternden Händen seines Bruders und betrachtete die blanken Seiten. »Mittendrin leer? Haste die Seiten überblättert oder was?«

»Für wie dumm hältst du mich eigentlich?!«

»Ziemlich, aber das ist grad nicht wichtig, oder?« Daniel hielt das Buch ein wenig ins Licht, um die Seiten genauer zu betrachten. »Hm, sehen ganz normal aus. Und du bist dir sicher, dass da mal was stand und du dir das nicht eingebildet hast?«

»Ey, sag mal! Hältst du mich für so bescheuert?! Ja, natürlich stand da was! Schau doch da!«, Niko stieß mit dem Zeigefinger auf eine bestimmte Stelle und erschwerte es Daniel damit, dort etwas zu erkennen.

»Flossen weg, ich seh nichts.«

»Heul nicht rum! Wer immer das war, der da bei Kristina ist, der kann lesen!«

Daniel hob den Blick und eine Augenbraue. Sollte er das jetzt wirklich kommentieren?

»Ja, DAS lesen mein ich nicht. Der kann lesen lesen.« Niko stieß einen Laut der Verzweiflung aus, als sein Bruder nicht zu verstehen schien. »Der muss unser Counterpart sein, oder meiner. Oder … Ich weiß es doch nicht!«

»Du weißt es nicht, rastest aber erst mal völlig aus? Scheiße, was ist mit dir passiert?« Dani schüttelte den Kopf. Niko verengte die Augen und überlegte kurz, ob er seinem Bruder einfach eine reinhauen sollte, allerdings wurde er das Gefühl nicht los, einen Verbündeten zu brauchen, wenn er heil aus dieser Sache rauskommen wollte. Wenn dieser Typ wahrhaftig sein Counterpart war, würde er durch ihn ein normales Leben führen können. Ein normales, magieloses Leben. Doch wollte er das überhaupt? War das nicht all die Jahre der Reiz des Ganzen gewesen? Sich aufzuführen, als würde es kein Morgen geben, damit es eines Tages kein Morgen mehr gab, und er nichts ausgelassen hatte, was er bereuen würde? Nikolas schüttelte den Kopf. Wieso zerbrach er sich überhaupt den Kopf über so etwas?

»Weißt du, ich dachte, du hättest genug Verstand, mir zu glauben. Wir haben doch alle den geschwurbelten Kram unserer Vorfahren gelesen. Wir alle kennen die Legende mit der Counterpart-Familie. Was, wenn er *mein* Counterpart ist?«

»Dann hast du die Möglichkeit, ein normales Leben zu führen. Versteh nicht, wieso du dich da so aufregst.« Daniel zuckte mit den Achseln. Er schien es wirklich nicht zu verstehen.

»Bist du … Weißt du nicht, was ich alles getan habe? Ich will sicher nicht magielos durch die Welt wanken, nach allem, was …« Niko rieb sich den Nasenrücken. »Weißt du was? Ich geh das jetzt noch mal nachlesen. Ich bin mir sicher, dass wir was übersehen und der nicht einfach so alles lesen kann und ich dadurch langweilig werde. Irgendwas muss es geben, um ihn aufzuhalten, ohne zum Mörder zu werden.« Oder sich die Lebenszeit zuzuschreiben, damit man noch ein wenig mehr Zeit hatte. Doch das würde er sicher nicht Daniel sagen. Der sollte ruhig glauben, dass Niko einen Weg suchte.

seine Kräfte zu behalten, was ja immerhin ein Teil der Wahrheit war. Nur eben nicht die Ganze.

Dass er nicht oft Zeit in der Familienbibliothek verbrachte, war bekannt. Dass er sich hier nicht sonderlich gut auskannte, auch. Damals, als ihre Kräfte noch neu waren und sie viel experimentierten, war eines der ersten Dinge gewesen, die Niko sich geschrieben hatte, das gesamte Wissen der Bibliothek. Allerdings mussten die Bücher seiner Vorfahren wohl einzeln in sein Gedächtnis geschrieben werden oder aber sie ließen sich nicht schreiben. Denn das Wissen daraus hatte sich nie in seinem Kopf befunden, außer er hatte es doch selbst gelesen oder von Kristina oder Daniel erzählt bekommen.

Dieses Mal würde er wohl wirklich alles selbst raussuchen müssen, denn um sich jedes einzelne Buch ins Gedächtnis zu schreiben, hatte er nicht mehr genug Lebenszeit übrig. Sollte er sich einfach die wichtigste Information in den Kopf schreiben? Aber was war wichtig? So wie er sein Glück kannte, wäre seine Magie anderer Meinung als er, am Ende hätte er nur umsonst Lebenszeit geopfert.

Nein, Nikolas würde es auf die klassische Weise versuchen. Selbst lesen, selbst recherchieren, selbst Informationen sammeln. Wie schwer konnte das schon sein? Andere machten das ja tagtäglich – wieso sollte er das also nicht auch können? Immerhin schafften das sogar seine Geschwister und die waren bei weitem nicht die hellsten Lichter auf dem Geburtstagskuchen. Nikolas stieß ein kaltes, freudloses Lachen aus. Das wäre doch gelacht.

Ungeduldig lief er den Gang entlang, suchte nach den Familienchroniken, der Geschichte dieser Stadt und der kleinen Dörfer, die irgendwann einfach geschluckt wurden. In einem davon lagen die Wurzeln seiner Familie oder zumindest hatte dort alles angefangen, wie Kristina oder Daniel mal erwähnt hatten.

»Boah, wo sind denn diese Bücher, ey!«, fluchte er und konnte in seinem Kopf seine Mutter schimpfen hören, dass er sich anhörte wie einer dieser Rapper aus Berlin. Allerdings hatte auch sie schon lange nicht mehr mit ihm geredet, was Niko darin bestärkt hatte, sich ganz seiner Magie hinzugeben. Wenn sich schon seine Eltern von ihm abwandten und aufhörten ihn zu lieben, konnte er ruhig der gesamten Welt genug Grund liefern, sich ihnen anzuschließen, oder? Kurz spielte er mit dem Gedanken, sich wenigstens das richtige Buch in die Hand zu schreiben, aber seine Lebenszeit reichte nur noch für eine Woche – er musste einen anderen Weg finden, sonst war es schneller mit ihm vorbei, als er geplant hatte.

Letzten Endes hatte er etwas gefunden – nun, eigentlich sogar mehr als das. Den Zugang zu den Blutbüchern seiner Vorfahren hatte er völlig vergessen gehabt und dort war er fündig geworden. Mit einem Stapel Chroniken unter dem Arm, die allesamt irgendwelche Familiennamen auf dem Einband hatten, die nichts mit ihnen – also seiner Familie – zu tun hatten, war er schließlich an einen Tisch gewandert und hatte sich gesetzt. Nikolas beschloss, das älteste Buch zuerst anzusehen – je älter, desto wahrscheinlicher, dass er etwas Brauchbares fand, oder?

16

Durlach, 1703

Heute habe ich sie wieder gesehen. Sie ist schön, stark, mutig – und nicht mein. Aber ich will, dass sie mein ist. Ich will, dass wir den Rest unserer Leben zusammen verbringen!

Doch wie soll ich das schaffen? Ich bin der Zweitgeborene, der Sohn eines einfachen Mannes, der sein Geld mit einfacher Arbeit verdient, und sie, sie ist die Tochter eines edlen Ritters im Gefolge des Markgrafen. Allein einen Blick auf sie zu erhaschen, die gleiche Luft wie sie zu atmen, ist schon ein Privileg, das ich eigentlich nicht besitzen dürfte.

Ich habe um Beistand von Gott gebeten, doch die Priester haben mich ausgelacht. Sie meinten, ich solle mich innerhalb meines Standes umsehen und nicht nach Früchten greifen, die nicht für mich bestimmt seien. Sonst würde ich wie Eva mein Fleisch verdammen und Sünde auf mich laden.

Diese Pfaffen haben keine Ahnung, wie es ist, zu lieben und nichts tun zu können, um diese Liebe erfüllt zu sehen. Gott allein lenkt ihr Tun und wacht über sie.

Aber über uns nicht, seinen Kindern, die seinen Dienern, seinen Sprechern das Leben ermöglichen? Die von unserem Gold leben, unserer Ernte? Die nicht wissen, was harte Arbeit und Entbehrungen sind? Wie kann Gott das zulassen? Wie kann Gott das befürworten?

Ich habe ihn angefleht, mir zu helfen. Habe gebetet, viele, viele Rosenkränze. Habe den Kirchgarten hergerichtet, bei der Ausbesserung der Bänke mitgewirkt – nichts hat geholfen. Er hat nicht reagiert, nicht auf mein Bitten geantwortet. Sie ist an mir vorbei gegangen, ohne mir einen Blick zu schenken. Nicht einmal in ihre Nähe konnte ich gelangen! Sie ist noch unerreichbarer als zuvor.

Wie soll ich daran glauben, dass Gott uns hilft, wenn wir ihn darum bitten, wenn er mich hier im Stich lässt?

Ein Wispern im Wind ließ ihn aufsehen. Der Stift in seiner Hand zitterte, ob vor Wut oder Angst wusste er nicht. Mit klopfendem Herzen sah er sich um. Hatte er mit seinen wütenden Worten nun die Strafe Gottes auf sich gezogen? Den Zorn des Allmächtigen geweckt? Nikolas Wallenstein wusste es nicht, wollte aber auch kein Risiko eingehen. Vorsichtig legte er den Stift zur Seite und klappte das Buch zu. Blasphemische Worte wie die seinen durften nicht nach außen geraten. Niemand durfte jemals lesen, welch sündhaften Gedanken er hatte, wenn es um den Allmächtigen ging. Es fiel ihm so schwer, sich auf dessen Beistand zu verlassen, wenn er ihm nicht einmal die große Liebe ermöglichte! Wie sollte er daran glauben, dass Gott sie alle liebe und sich um jeden Einzelnen sorge, wenn er nicht einmal einfache Gebete erhörte? Wenn er ihm das große Glück verweigerte?

»Du hast recht.« Die Worte drangen laut zu ihm. Nikolas sah sich um. War das einer der Engel Gottes, die gekommen waren, ihn zu bestrafen, weil er Gott anzweifelte? Weil er den Herrn infrage stellte?

»Nein, ich bin nicht hier, um dich zu bestrafen.« Ein Lachen folgte, das ihm einen Schauder über den Rücken jagte. »Ich habe dich beobachtet, Mensch. Und auch deine Gebete gehört.« Schatten näherten sich ihm.

Nikolas war sich nicht sicher, ob er sich bekreuzigen oder fliehen sollte. Das konnte nichts Gutes bedeuten, oder?

»Ich bin hier, um dir zu helfen. Es ist eine Schande, dass Gott sich nicht genötigt fühlt einzugreifen. Ich sehe doch, dass deine Gefühle aufrichtig sind und du wahrhaftig liebst. So lass mich dir helfen.«

»Aber … wie? Bist du … ein Hexer? Ein Dämon? Der Teufel? Muss ich meine Seele an dich verkaufen und in der ewigen Verdammnis brennen?« Nikolas verspürte weniger Angst, als er sollte. Wenn das einer der Schergen des Bösen war, so hatte die Kirche um deren Grausamkeit übertrieben. Die Stimme klang menschlich, fast angenehm. Nichts brannte, der Geruch von Schwefel hing auch nicht in der Luft – in ihm kam der Verdacht auf, dass die Pfaffen nur übertrieben hatten, um das einfache Volk zu ängstigen und unter Kontrolle zu halten.

»Ich bin nur eine helfende Hand des Schicksals, die nicht damit einverstanden ist, dass ihr Menschen unter der Ignoranz eures Gottes zu leiden habt.« Die Schatten formten sich zu einer Gestalt und lösten sich langsam auf. Zum Vorschein kam ein hochgewachsener Mann, dessen Gesicht jung und zugleich alt erschien. Seine Augen leuchteten rötlich, doch das konnte nicht sein. Nikolas schüttelte leicht den Kopf. Er sah aus wie ein Adliger und zugleich doch wie ein Mann des einfachen Volkes. »Du kannst mich Balthasar nennen, wenn du möchtest.« Die ihm dargebotene Hand verwunderte Nikolas, doch nach kurzem Zögern ergriff er sie. »Nikolas, nicht wahr? Du sehnst dich nach der Liebe der jungen Frau, der holden Margarete von Stein. Die Nichte des Markgrafen, das schöne Juwel der goldenen Stadt.« Balthasar nickte. »Ich sehe, warum sie dich verzaubert hat, und kann erkennen, dass auf euch beide eine große, glänzende Zukunft wartet. Eine Schande, dass dein Gott nicht eingreifen und helfen will.«

Nikolas nickte. Ja, das sah er genauso.

»Deswegen möchte ich dir einen Handel anbieten. Leider kann ich dir ihr Herz nicht einfach so schenken, denn … nichts im Leben ist umsonst.« Er kicherte und Nikolas schmunzelte. Humor besaß dieser Balthasar ja, das musste er ihm lachen. War das nicht ein Zeichen dafür, dass er hier keinen Dämon vor sich stehen hatte? Predigten die Pfaffen nicht immer, dass Dämonen nur Hass, Grausamkeit und Tod kannten?

»Alles hat seinen Preis – und ich für meinen Teil muss ihn verlangen, auch wenn ich nicht will   .« Balthasar zuckte mit den Achseln. »Ich beobachte euch Menschen schon eine Weile – ihr seid sehr auf euch gestellt, wenn ihr um Hilfe bittet, und ich verstehe das nicht. Lass mich dir deshalb folgenden Handel vorschlagen: Ich schenke dir die Kraft, deine Wünsche Wirklichkeit werden zu lassen, wenn du sie mit deinem eigenen Blut schreibst, und ich bleibe eine Weile bei dir und begleitete dich als Freund durch diese Welt, um zu lernen, warum euer Gott sich abwendet, wenn ihr ihn um Hilfe bittet.«

»Du bist sicher kein Dämon?« Nikolas wusste, dass Magie – und nichts anderes bot ihm der Fremde aus den Schatten an – etwas Teuflisches war. Etwas, das die Kirche ablehnte. Doch die Kirche lehnte vieles ab, versprach vieles und hielt sich an nichts davon.

»Nein, ich bin kein Dämon.« In seiner Stimme schwang etwas mit, was Nikolas stutzen ließ, doch er verdrängte den Argwohn wieder. »Ich will dir helfen. Ich will dir helfen, dein Glück zu finden und die große Liebe, ganz uneigennützig, natürlich.« Balthasar nickte. »Ich habe dein Flehen gehört und gewartet, ob euer Gott eingreift, doch das tat er nicht. Dabei ist es grausam, sich zwei Herzen in den Weg zu stellen, wenn sie einander nicht von selbst finden.« Etwas blitzte in Balthasars Augen auf, was Nikolas nicht deuten konnte. Allerdings hatte er bis jetzt noch nichts an dem Angebot finden können, was darauf hinwies, dass er es mit einem Vertreter der Dunkelheit zu tun hatte. Dennoch fühlte er sich nicht wohl dabei, diesen Handel einzugehen, ohne genau zu wissen, mit wem er es zu tun hatte.

»Du hast nichts zu verlieren! Doch ich verstehe, wenn du mir nicht vertraust. Mein Eintreten war unkonventionell, und du bist sicher in dem Glauben erzogen worden, dass nur Wesen der Dunkelheit so erscheinen, nicht wahr?« Balthasar nickte, schien verständnisvoller zu sein, als Nikolas erwartet hatte. »Wie gesagt, lass mich einfach ein wenig Zeit mit dir verbringen, zeige mir die Welt der Menschen, und ich verrate dir, wer ich bin und was ich kann – und dass du mir vertrauen kannst. Ich will deinem Glück nicht im Weg stehen. Dein Sehnen, dein Flehen war bis zu mir zu hören.«

Nikolas wusste nicht, ob es klug war, doch er nickte. »Einverstanden.«

Eine Person mehr oder weniger in diesem Haushalt würde nicht auffallen – seine Eltern waren mit Arbeit beschäftigt, seine Schwester musste der Mutter helfen, und sein älterer Bruder ging dem Vater zur Hand. Er selbst fühlte sich überflüssig. Der mittlere Sohn, der den Betrieb des Vaters nicht erben würde und dem es selbst mit herausragender Arbeit nicht möglich war, sich seinen Herzenswunsch zu erfüllen und Margarete nahe zu kommen. Was hatte er also zu verlieren?

Was er zu verlieren hatte, zeigte sich bald. Nichts. Absolut nichts. Nikolas hatte Balthasar in seinem Zimmer einquartiert, misstrauisch beobachtet, wie dieser wie von Geisterhand nachts verschwand und frühmorgens wieder erschien. Die Schatten, die ihn stets begleiteten, waren dabei nicht weniger bedrohlich geworden, doch immer weniger jagten sie ihm einen Schrecken ein. Balthasar war ein angenehmer Geselle, allerdings konnte sich Nikolas nicht daran gewöhnen, dass nur er ihn zu sehen schien, wenn sein neuer Freund das nicht anders wollte. Seine Eltern ignorierten Balthasar, weil sie ihn nicht sahen, an seiner Schwester hatte er einen Narren gefressen und den großen Bruder schien er genauso wenig zu mögen wie Nikolas. Das verband und festigte die aufkeimende Freundschaft.

Je mehr Zeit sie miteinander verbrachten, desto deutlicher wurde es für Nikolas, dass er Balthasar vertrauen konnte – immerhin schaffte es dieser sogar über die Schwelle der Kirche! Das war etwas gewesen, was dieser getan hatte, um Nikolas zu beweisen, dass er kein Dämon war. Erstaunlicherweise – also für Nikolas – war Balthasar nicht in Flammen aufgegangen und auch die Wasserspeier hatten nicht angefangen zu singen, womit bewiesen wäre, dass er keine Kreatur der Hölle war. Seitdem haderte Nikolas mit sich selbst, ob er nicht doch auf den Handel eingehen sollte, denn der Teufel ließ nicht locker und schien auch nicht mehr von seiner Seite weichen zu wollen. Doch Magie – Magie war etwas Teuflisches, etwas Verbotenes. Nur wusste er nicht, wie er anders in die Nähe seiner Geliebten kommen sollte.

»Habt ihr schon einmal miteinander gesprochen? Weiß sie überhaupt, dass es dich gibt?« Es war Mittagszeit, die Sonne brannte erbarmungslos vom Himmel, und Balthasar lehnte im Schatten gegen einen Baumstamm. Nikolas saß im Gras, genoss es, einfach nichts zu tun. Nicht lange und er würde wieder im Kirchgarten helfen, denn sonst hatte er nichts zu tun. Es fiel nicht einmal auf, dass er sich mit Balthasar immer davonschlich. »Hast du jemals das Wort an sie gerichtet?«

»Bist du des Wahnsinns? Ihre Wachen hätten mich

nicht einmal in ihre Nähe gelassen.« Nikolas schüttelte den Kopf. »Ich habe noch nie mit ihr geredet, aber sehr oft ihre Stimme vernommen. Es ist der lieblichste Klang, den man sich vorstellen kann. Liebreizend, sanft, einfühlsam – ich könnte ihr bis in alle Ewigkeiten zuhören.«

»Du weißt, dass dir der Handel mit mir die Kraft gibt ...« Balthasar schien nach den richtigen Worten zu suchen. »Dich in ihr Leben zu schreiben. Aber wenn du das nicht willst, warum schnitzt du ihr nicht etwas Schönes oder ... Was kannst du besonders gut?«

Nikolas kratzte sich am Kopf. Was konnte er? Eigentlich nicht viel, wenn er genau darüber nachdachte. Er war in allem recht gut, aber nicht herausragend. Mittelmaß, aber nichts Besonderes. Doch das zuzugeben, wäre irgendwie traurig, oder?

»Du hast kein herausragendes Talent?« Balthasar schüttelte den Kopf und lachte. »Das ist typisch für mich. Ich muss natürlich die Gebete eines Menschen erhören, der nichts wirklich gut kann, aber alles will.«

Nikolas wusste nicht, ob er beleidigt sein sollte oder nicht – immerhin sprach sein Freund die Wahrheit. Es allerdings zu hören, war nicht gerade angenehm.

»Was soll ich nur mit dir machen?« Der Frust in der Stimme seines Freundes war nicht zu überhören, doch Nikolas glaubte, dennoch einen leicht amüsierten Unterton zu vernehmen. Machte sich Balthasar über ihn lustig? Das würde sein Freund doch sicher nicht tun, oder? »Mein Angebot steht noch – mit Magie ist alles so viel einfacher als ohne.«

»Es muss doch ... auch so gehen.« Noch immer zögerte Nikolas, nicht, weil er um sein Seelenheil fürchtete, sondern weil er sich zu Dingen verleiten ließ, die weit über seinen Wunsch, Margarete nah zu sein, hinausgingen. Würde er sich von der Macht korrumpieren lassen? Konnte er sicher sein, nur im Guten zu handeln?

»Zögere nicht. Du hast nichts zu verlieren. Nicht mehr als jetzt auch schon. So aber kannst du dir ein einzigartiges Talent ermöglichen. Damit du nicht in der Unscheinbarkeit der Bedeutungslosigkeit untergehst.« Balthasar stieß sich vom Baumstamm ab. Seine Augen glühten rot. »Ich meine es nur gut mit dir. Du bist unglücklich und dein Gott will dir nicht helfen – ich habe dich beten hören, trotz meiner Anwesenheit und meines Angebotes. Wieso verschwendest du deine Zeit mit Gebeten an jemanden, der sich nicht für deine Sorgen interessiert? Oder deine Wünsche? Ich kann dir helfen! Du musst mich nur lassen! Quäl dich nicht länger mit ungehörtem Flehen und Bitten. Lass mich dir helfen!« Balthasar streckte ihm die Hand entgegen, sein Blick war durchdringend und intensiv. Nikolas schluckte. Was sollte er tun? Sollte er einschlagen? Sollte er zustimmen? Sollte er alles, woran er geglaubt hatte, aufgeben und sich auf eine Kraft verlassen, von der er nicht wusste, welchen Ursprungs sie war? Allerdings hatte er nicht mehr viel zu verlieren. Gott erhörte ihn offensichtlich nicht. Die Priester in der Kirche waren keine Hilfe, und wenn er sein Glück nicht bald selbst schmiedete, würde er es auf ewig bereuen.

Abgesehen davon war es ja nicht einmal gesagt, dass Balthasars Magie wirklich teuflischen Ursprungs war. Vielleicht entsprang sie einer anderen Gottheit, einer, die ihren Anhängern etwas Gutes tun wollte. Nikolas seufzte und rappelte sich auf. Nervös wischte er die Handflächen am Stoff seines Hemdes ab und ergriff Balthasars Hand. »Einverstanden. Ich nehme dein Angebot an.«

Dass ich damals doch einen Pakt mit dem Teufel

einging, wusste ich nicht. Ich habe mich der Illusion hingegeben, dass Balthasar mir nur helfen wollte. Er schenkte mir Magie, mächtige Magie, die allerdings einen furchtbaren Preis hatte. Aus einem Knochen meiner Hand formte er einen Federhalter und zeigte mir, wie ich diesen Knochen wieder nachwachsen lassen konnte – eine unabdingbare Voraussetzung, meine Magie wirken zu lassen. Ich musste alles mit diesem Federhalter schreiben und dazu mein Blut verwenden – hätte er mir das früher gesagt, wäre ich den Handel nie eingegangen.

Wobei … Nein, das stimmt nicht. Ich hätte es trotzdem getan. Mit Balthasars Hilfe schrieb ich meine ersten Wünsche. Dieser Teufel half mir, es so zu formulieren, dass es klar und sauber war, denn er wollte mir ja nicht schaden, wie er stets betonte. Zunächst schrieben wir mir ein großes Talent im Handwerk zu – Steinkunst, um genau zu sein –, um Margarete ein Abbild ihrer Selbst aus Marmor zu formen. Dann half er mir, mich als ihre große Liebe in ihr Leben zu schreiben, ohne mich zu warnen, dass das alles Konsequenzen haben könnte. Denn meine gesamte Familie erhielt diese Magie, alle, die wir unter einem Dach lebten. Ich war gezwungen, ihnen zu sagen, was ich getan hatte und ihnen zu erklären, wie unsere neue Fähigkeit funktionierte.

Mein Bruder erschrieb sich eine Position in der Nähe des Markgrafen, meine Schwester sorgte dafür, dass sich ein reicher Baron in sie verliebte. Balthasar hatte uns lachend erklärt, dass bei drei Kindern einer lebte, einer für Reichtum sorgte und einer sterben würde, lange, bevor seine Zeit gekommen war. Wir verstanden damals nicht, was er meinte – wie auch?

Doch je mehr wir unsere Magie nutzen, je mehr wir schrieben, desto schneller verblühten wir. Ich war mit Margarete sehr glücklich, doch meine Schwester schien in einer unglücklichen Ehe gefangen und versuchte, sich das Leben schön zu schreiben. Sie verging damit schneller als eine zarte Blume in der prallen Sonne.

Mein Bruder war etwas klüger, aber nicht viel. Er sorgte für immensen Reichtum, und sobald er merkte, dass sein Leben dem Ende zu ging, vermachte er mir sein Vermögen.

Ich selbst habe nur immer wieder die Liebe zwischen Margarete und mir aufgefrischt, denn ich sah, wie der Zauber, der sie an mich band, von Tag zu Tag verblasste. Jedes Mal kostete es mich ein wenig Lebenszeit – auch etwas, was uns Balthasar verschwiegen hatte. Jedes Wort, jeder Wunsch kostete uns Lebenszeit, nicht nur Blut. Und mit jedem Wunsch wurde der Drang stärker, weiterzuschreiben und nicht aufzuhören. Ich würde es rückgängig machen, wenn ich könnte – doch ich kann es nicht. Jedes Mal, wenn ich mir die Fähigkeit nehmen will, sehe ich, wie Margarete mich verlässt. Ich bin nicht stark genug. Ich kann und will sie nicht aufgeben.

Balthasar hat mich noch ein letztes Mal besucht – ich habe ihn gerufen und erst Ruhe gegeben, als er vor mir stand. Er sagte, es gäbe eine Möglichkeit, die Magie aufzuheben, alles ungeschehen zu machen, wenn man sich noch nicht in den Tod geschrieben hatte. Ein Mitglied der Counterpart-Familie muss lesen, was geschrieben worden war und damit jeden Wunsch und Zauber aufheben, nur so würden wir beide frei sein. Ich muss reichlich verwirrt ausgesehen haben, denn er erklärte mir, dass ich mit meinem Handel nicht nur meine Familie verdammt hatte, sondern auch die unserer Nachbarn, mit denen wir aufgewachsen und die die besten Freunde meiner Eltern gewesen waren. Deren Aufgabe sei es, unsere Magie zu neutralisieren – ansonsten würden sie zu Wahnsinnigen werden. Sie seien unsere Versicherung gewesen, wenn wir unsere Magie doch nicht mehr wollten.

Ich werde bis heute den Verdacht nicht los, dass Balthasar das von langer Hand geplant hat und wir nur

Figuren in einem grausamen Spiel sind, das wir Menschen nur verlieren können. Ich habe zumindest nicht das Gefühl, gewonnen zu haben, denn Margaretes Liebe zu mir ist nicht echt, und das Wissen, meine Familie und die Nachbarn verdammt zu haben, zerfrisst mich. Ich habe Schuld auf mich geladen, die ich nie wieder tilgen kann. Ich habe meine Schwester und meinen Bruder auf dem Gewissen, habe sie sterben lassen, nur um selbst ein Glück zu haben, das nicht echt ist. Margarete liebt mich nicht wirklich und wenn ich ehrlich bin, liebe ich sie auch nicht. Es war die Vorstellung, die ich von ihr hatte, die ich zu lieben begonnen hatte, aber nicht sie als Mensch. Doch nun ist es zu spät. Der Fluch kann nicht mehr rückgängig gemacht werden, denn die Stetteners und wir, die Wallensteins, sind längst nicht mehr befreundet. Zwei der drei Kinder sind dem Wahnsinn verfallen und haben gemordet, nachdem meine Geschwister starben, und Margarete hat darauf bestanden, dass wir wegziehen und sie nicht mehr in unsere Nähe   lassen. Doch ich kann die Stadt nicht verlassen, nicht, wenn meine Familie hier begraben liegt. Wir ändern unseren Namen, bauen Karlsruhe mit Karl Wilhelm auf, und eines Tages wird alles Unrecht, was ich getan habe, getilgt sein.

Du, der du das hier liest und wohl von meinem Blute bist, hüte dich vor dieser verfluchten Kraft. Lass dich nicht verleiten, sie zu häufig einzusetzen. Lass nicht zu, dass sie dich korrumpiert. Lass die Worte dieses Dämons nicht Wirklichkeit werden!

Drei sollt ihr sein, doch leben nur einer.
Einer bringt Gold, einer den Untergang,
und einer die Zukunft.

Sorge dafür, dass ihr alle eine Zukunft habt! Durchbrecht den Kreislauf!

17.

Nikolas rieb sich die Stirn. Sein Vorfahr, der erste, der diese Magie besessen hatte, hieß wie er. Er hatte es aus niederen Beweggründen getan und wohl recht schnell bereut, diesen Handel eingegangen zu sein. Und das nur, weil er in das Höschen einer Adligen steigen wollte? Das wäre doch sicher anders auch gegangen. Verächtlich schnitt er eine Grimasse. Sie hatten ihre Magie also tatsächlich einem Pakt mit dem Teufel zu verdanken, nicht mehr, nicht weniger. Keine höhere Macht, die sich etwas besonders Kluges dabei gedacht hatte, sondern lediglich ein kleiner Dämon, der Spaß dabei hatte, arme Seelen zu verdammen. Und auch kein Fluch. Sie verdankten diese Kraft reiner Habgier.

Er lehnte sich im Sessel zurück. Wenn er das richtig verstanden hatte, rief sein Vorfahr dazu auf, die Magie nicht zu benutzen. War wohl die ganzen Jahre nicht so erfolgreich gewesen, an das Gewissen und die Vernunft seiner Nachkommen zu appellieren, dachte Niko zynisch. Aber was wäre, wenn sich beide Familien zusammengeschlossen hätten? Wenn diese Stetteners gelesen hätten, was die Wallensteins – oder jetzt Sommerfelds – geschrieben haben? Gab es dann die Lebenszeit zurück? Ging die Magie dann auf die nächste Generation über oder war man frei? Brach das den Pakt des Teufels?

So viele Fragen und keine klare Antwort. Niko stöhnte frustriert und blätterte weiter im Tagebuch seines Vorfahren. Gab es denn nichts Brauchbares, was dieser Typ aufgeschrieben hatte? Hinweise, welche Auswirkungen die Neutralisierung hat? Oder war das etwas, was die Stetteners wussten, aber die Wallenst-, die

Sommerfelds nicht? Weil es die Aufgabe dieser Familie war, ihnen Einhalt zu gebieten? Wusste deshalb keiner von ihnen, wie diese Neutralisierung aussah? Oder war es einfach nur noch nie geschehen?

Nikolas schloss die Augen. Was wäre, wenn er keine Magie mehr besitzen würde? Konnte er noch als normaler Mensch leben? War es ihm möglich, sich nicht die ganze Zeit auf seine Magie zu verlassen? Oder würde er verrückt werden und scheitern?

Wollte er überhaupt normal sein? Wollte er auf seine Magie verzichten? Wenn er es richtig verstanden hatte, war Kristinas Besucher, der in seinem Zimmer gelesen hatte, ein Mitglied der Familie, die seine Magie aufheben konnte. Er konnte also diesen Typen bitten, seine Magie aufzuheben. Und dann? Würde er seine Zeit zurückerhalten? Oder würde er mit der wenigen Zeit, die ihm blieb, vorliebnehmen müssen? Dann wäre zumindest das magielose Dasein relativ schnell zu Ende, viel Zeit blieb ihm ja nicht mehr.

In seinem Kopf formte sich ein Gedanke. Wenn jeder einen Counterpart hatte, der die Magie neutralisieren konnte, dann müsste man sich doch umgekehrt dessen Lebenszeit aufs eigene Konto gutschreiben lassen, oder? Dass es bei anderen Menschen nicht gelang, hatten sie aus den Aufzeichnungen ihrer Vorfahren erfahren. Die hatten versucht, dem Tod ein Schnippchen zu schlagen, indem sie die Lebenszeit ihrer Feinde zur eigenen geschrieben hatten, doch es hatte nicht funktioniert. Vielleicht würde es aber bei jemandem gelingen, der ihre Magie neutralisierte. Vielleicht war das der entscheidende Punkt, an dem sie sich einen Vorteil verschaffen konnten, mal davon abgesehen, dass der andere sterben musste. Und wenn er mit seiner Theorie falsch lag? Was, wenn er sich die wenige Zeit, die ihm noch blieb, verschrieb?

Mehr als versuchen und scheitern konnte er nicht. Abgesehen davon kam es auf die wenigen Tage nun auch nicht mehr drauf an.

»Und jetzt noch mal für die Skeptiker unter uns, die nicht jeden Scheißdreck glauben, den dahergelaufene Schwaben erzählen: Wer bist du und was kannst du?« Daniel verschränkte die Arme und ließ seinen Blick wütend über die drei nicht sonderlich schuldbewussten Gesichter gleiten. »Du hast hier einen Kerl ins Haus gelassen, der behauptet, unsere Magie neutralisieren zu können, ohne vorher überprüft zu haben, ob er die Wahrheit sagt, und hast ihm Nikos Geschwurbel zu lesen gegeben? Krissi, das ist selbst für dich 'ne starke Nummer.« Enttäuscht schüttelte er den Kopf. Hatte seine Schwester ihm nicht ständig eingetrichtert, dass sie ihr Geheimnis wahren mussten? Dass es niemals jemand erfahren durfte? Und dann ging sie hin und erzählte es dem erstbesten Typen, der ihr über den Weg lief und nicht aus Angst vor ihren Brüdern das Weite suchte? Großartig, einfach großartig.

»Na, erzähl mir nichts von Geheimhaltung oder Wahrheit oder anderem Käse.« Kristina schnaubte. »Du hast Jörg eingeweiht, obwohl ich dir immer und immer wieder gesagt hab, dass es keiner wissen darf. Du hast unser Geheimnis verraten und willst mir jetzt Vorwürfe machen, weil ich jemandem vertraue, der unsere Magie neutralisieren kann? Der unseren Bruder und seine Opfer retten kann? Ist das dein Ernst?«

»Ja.« Daniel fing Jörgs Blick auf und runzelte die Stirn. Wieso stand sein bester Freund eigentlich auf Kristinas Seite? Wieso nicht auf seiner? Was hatte er verpasst?

»Nun, gut. Dann …« Ihm entging nicht, dass seine Schwester hilfesuchend zu Jörg sah. War zwischen den beiden etwas vorgefallen? Etwas, das ihm entgangen war? Waren die beiden zusammen? War Kristina bereit, ihr Singledasein aufzugeben? Für Jörg? Daniel hob eine Augenbraue. »Okay, Leute, was ist hier los? Seit wann steht ihr zwei euch so nahe? Und wer zur Hölle bist du eigentlich?« Es fehlte nicht viel und er hätte sich aus Frust auf den Boden geworfen. Allerdings war Kristinas Zimmer nicht gerade dafür bekannt, keimfrei und ungefährlich zu sein, und Daniel verspürte nicht die geringste Lust, sich etwas einzufangen. Gleichzeitig schalt er sich für diese Gedanken, seine Schwester meinte es ja nicht böse, ihre Ansichten zum Thema Ordnung war einfach nur eine andere.

»Beruhig dich.« Kristina gähnte und kickte einige Dosen zur Seite. »Jörg und ich haben dein Chaos und das von Niko beseitigt und versucht, Marcel davon abzuhalten, die Bude anzuzünden. Ehrlich – ihr müsst euren Schwanzvergleich mal beenden. UND GUCKT NICHT SO SCHOCKIERT, NUR WEIL ICH SCHWANZ SAGE, HIMMELHERRGOTT!«, rief Kristina, als sie die Gesichter der drei Männer bemerkte. »Auch Frauen dürfen so etwas in den … Vergesst es einfach, okay?!«

»Gut, dass du es selbst gemerkt hast«, murmelte Daniel. Seine Schwester und ihr unweigerliches Talent für Fettnäpfchen – das würde ihm fehlen, wenn er tot war. Konnte ihm das dann überhaupt fehlen? Landete er in der Hölle? Gab es ein Leben nach dem Tod? War seine Familie dazu verdammt, in den ewig brennenden Feuern der Verdammnis zu schmoren? Daniel wusste es nicht, woher auch.

»Ich bin Jens Stettener. Meine Familie ist … Wir sind euer Counterpart. In den letzten Jahrhunderten hatten wir viele Nachnamen, aber immer wieder sind wir zum Original zurück, in der Hoffnung, einer von euch würde sich die Mühe machen, uns zu suchen, damit wir unser

Schicksal endlich ändern und den Fluch, der auf uns lastet, beenden können. War aber nicht so. Also habe ich mich auf den Weg gemacht, um herauszufinden, wie die Wallensteins jetzt heißen und wo ihr zu finden seid. Tada. Deswegen bin ich hier.« Er deutete einen Diener an. »Deine Schwester ist ... Eigentlich bin ich auf deine Schwester geprägt und meine Schwestern auf euch zwei Idioten, allerdings fand sie es wohl besser, wenn ich euren verkommenen Bruder rette.« Jens funkelte Kristina wütend an, die unbeeindruckt mit den Schultern zuckte. »Sie hat mich auf euren Bruder – Nikolas? – geschrieben, und jetzt muss ich sein Geschriebenes lesen, damit seine und meine Magie aufgehoben und der Fluch gebrochen wird. Und meine Schwestern müssen dann das lesen, was ihr zwei geschrieben habt ...«

»DU HAST WAS? Krissi, du hattest die Chance ein normales Leben zu führen und ... und hast das weggeworfen, weil du diesen Hurenbock, den wir Bruder nennen müssen, retten wolltest?« Daniel zwang sich, ruhig zu atmen und nicht auszurasten. Er konnte nicht glauben, dass Kristina wirklich so altruistisch gehandelt hatte. Nicht, dass er überrascht war, nur hätte er ihr die Erlösung eher gegönnt als Niko. Dafür war es bei diesem doch ohnehin schon zu spät. »Wie konntest du zulassen, dass ... Du hättest ein normales Leben führen können! Wieso gibst du das auf?«

»Weil Niko aufgehalten werden muss! Wir können ihn doch nicht einfach machen lassen und zusehen, wie er sich selbst ins Unglück stürzt und andere! Wir müssen ihn endlich aufhalten!«

»Ja, gut, aber doch nicht, indem wir deine Zukunft aufs Spiel setzen!« Daniel schüttelte den Kopf. »Hast du nicht gesagt, du hast noch zwei Schwestern? Wieso können die Niko nicht aufhalten?«

»Glaubst du, ich lasse eine davon in eure Nähe? Ihr könnt doch die Hose nicht oben behalten, selbst wenn's dafür Geld gibt!« Jens wollte ausspucken, schien es sich aber mitten in der Bewegung anders zu überlegen – immerhin standen sie in Kristinas Zimmer – und so verschluckte er sich lediglich an der eigenen Spucke. Jörg kicherte gehässig, während Kristina ihm auf den Rücken klopfte. Daniel seufzte. Das alles war noch viel verworrener, als er erwartet hatte. Dieser Jens war also von seiner Schwester zwangsumgeschrieben worden, weil sie die Hoffnung hatte, Niko retten zu können, auch wenn sie behauptete, es wäre allein ums Aufhalten gegangen. Es war so typisch für sie, dennoch ärgerte es ihn maßlos.

»Und wie habt ihr euch das vorgestellt? Wie sollen wir jetzt noch mal an seine Notizen rankommen?« So ungern es Daniel zugab, es ließ sich wohl nur noch ändern, indem Kristina oder er Jens umschrieben. So wie er seine Schwester allerdings kannte, würde sie alles daransetzen, es rückgängig zu machen. »Habt ihr einen Plan?« Er seufzte und ließ den Kopf hängen. »Unvorbereitet wie ihr vorhin sollten wir das nicht angehen, das geht nur wieder schief.«

Kristina streckte ihrem Bruder die Zunge raus, doch er sah, wie die beiden zustimmend nickten. »Ne, aber … dafür haben wir ja dich. Wir können mit deinem Mastermind einen bombensicheren Plan aushecken.« Der Spott in der Stimme seiner Schwester entging ihm nicht. Mit einem Seufzen setzte sich Daniel nun doch auf den Boden und deutete den anderen, es ihm gleichzutun. »Also gut, dann lasst uns mal überlegen, was wir tun können.«

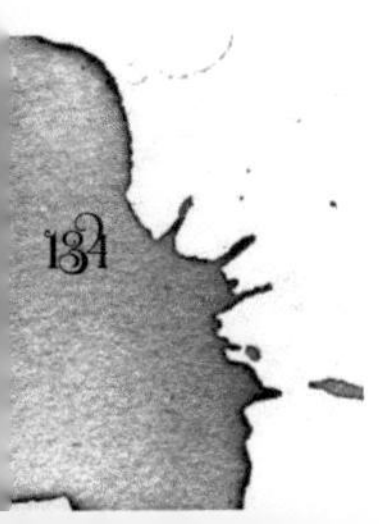

18.

Nikolas war sich bewusst, dass die drei – oder vier, wenn sich Daniel ihnen angeschlossen hatte – einen Plan schmiedeten, seine Magie zu neutralisieren. Dass sie alles daransetzen würden, ihn aufzuhalten und ihn zu normalisieren.

Er schnaubte. Normal sein, was für ein Schwachsinn. Nicht zaubern, nichts Besonderes wirken, von nun an leben, als hätte er nicht diese Kraft. Die wenige Zeit, die ihm noch blieb, würde er sicher nicht als magieloser Mensch verbringen. Nicht, wenn er es verhindern konnte – und wenn er die Lage richtig einschätzte, dann ließ sich das durchaus umgehen. Wenn seine Theorie stimmte, würde er sich sogar noch etwas Lebenszeit verschaffen.

Zeit, die ihm blieb, sein Leben zu ändern oder noch einmal in vollen Zügen zu genießen. Niko lächelte. Als ob er anfangen würde, ein braves, ruhiges Leben zu führen. Dieser Stil mochte ja für seine Schwester passen oder für seinen langweiligen Bruder, aber für ihn war das nichts. Er fühlte sich zu Höherem berufen, und niemand würde ihn davon abhalten, seine Fähigkeit in vollen Zügen auszukosten. Wozu hatten sie diese denn sonst?

Zugegeben, sein Vorfahr hatte sich das wohl anders gedacht, als er den Pakt eingegangen war, doch warum sollten seine Nachfahren hunderte von Jahren später darunter noch immer leiden und sich mit einem schlechten Gewissen plagen? Es schien bisher ja niemand für nötig gehalten zu haben, diese Fähigkeit zu neutralisieren, wieso sollte er also den Anfang machen?

Solange aber dieser Jens noch da war, würden seine

Geschwister keine Ruhe geben, und alles daransetzen, seine Magie zu neutralisieren. Niko wollte und konnte das nicht zulassen. Mit großen Schritten verließ er die Bibliothek und machte sich auf den Weg in sein Zimmer, bevor Daniel oder Kristina auf die Idee kamen, ihn aufzuhalten oder abzulenken – nicht, dass sie damit erfolgreich gewesen wären. Immerhin wusste er, wie seine beiden Geschwister vorgingen und durchschaute ihre Spielchen schneller, als ihnen lieb war. Dennoch wollte er ihnen gar nicht erst die Möglichkeit lassen, ihn in irgendeiner Form daran zu hindern, in sein Zimmer zu gehen. Nachher fanden sie noch einen Weg, wie sich dieser Leser ungesehen an ihm vorbei schleichen und seine Notizen lesen konnte. Und das war etwas, was er nicht zulassen würde. Seine Magie hatte ihn zu viel gekostet, als dass sie ein daher gelaufener Schwabe einfach so neutralisieren durfte. Dieser Stettener würde ihm auf andere Weise nützlich sein – und dann wollte er mal sehen, wie seine Geschwister ihn noch aufhalten wollten.

»Also, wir müssen Niko irgendwie aus dem Haus bekommen oder lang genug beschäftigen, damit Jens sein Geschreibe lesen kann«, erklärte Daniel und ignorierte die genervten Blicke der anderen, als er das Offensichtliche wiederholte. Sie drehten sich ein wenig im Kreis und hatten bisher jede Idee verworfen. Es war wie verhext. Das Einzige, worauf sie sich hatten einigen können, war die Tatsache gewesen, dass man Niko aufhalten musste. So kamen sie aber nicht wirklich weiter. »Und da keiner von euch mit einer brauchbaren Idee aufwarten kann und ihr meine Ideen alle doof fandet – was bleibt übrig?«

»Können wir ihn nicht einfach verprügeln? Erstens hätte er es verdient und zweitens hätte er es verdient und drittens …« Jörg zuckte mit den Achseln. »Ihr wisst schon, was ich sagen will.«

»Gewalt ist keine Lösung«, murmelte Kristina, schien aber dennoch ernsthaft über Jörgs Worte nachzudenken. »Auch wenn er es verdient hat, dass wir ihn verprügeln – oder eigentlich Marcel ihm ordentlich aufs Maul haut –, ist es keine Lösung. Also, keine, mit der wir etwas erreichen. Wenn zu fest zugeschlagen wird, kann mehr kaputt gehen, als wir wollen. Ich hab keine Lust, das Mama und Papa zu erklären, wenn ich ehrlich bin. Oder meine Lebenszeit damit zu verschwenden, ihn wieder gesund zu schreiben.«

»Verlangt ja auch keiner von dir. Mama hat ja auch noch Lebenszeit, die sie im absoluten Notfall einsetzt.« Daniel wusste, dass seine Worte Kristina nicht beruhigen würden, doch was anderes fiel ihm nicht ein. Nikolas würde sich sicher nicht auf eine Diskussion mit ihm oder Kristina einlassen, geschweige denn mit Jörg. Jens also an ihm vorbeizuschleusen, würde sich als nicht so einfach gestalten, wie er angenommen hatte.

»Was spricht dagegen, ihn zu betäuben?« Jörg schien noch nicht ganz von seiner Idee abgerückt zu sein, Niko notfalls mit Gewalt daran zu hindern, dass er Jens vom Lesen abhielt. »Ich für meinen Teil hätte da absolut kein schlechtes Gewissen.«

»Du vielleicht nicht, wir schon. Immerhin ist er unser Bruder, oder, Krissi?«

Als seine Schwester seinem Blick schuldbewusst auswich, riss Daniel die Augen auf. Waren sie jetzt alle völlig verrückt geworden? Nur weil Nikos Taten nicht unbedingt bester Absicht waren, hieß das noch lange nicht, dass Gewalt gegen ihn gerechtfertigt war! Er konnte nicht glauben, was er da hörte. Damit begaben sie sich doch auf eine Stufe mit Niko, dem *Monster*, das sie alle aufhalten wollten. Begriffen sie das denn nicht?

»Beruhig dich, keiner von uns hat gesagt, dass wir das wirklich tun werden.« Jörg schüttelte den Kopf. »Man, man, man. Du weißt schon, dass manche Situationen durchaus auch solche – also, der Zweck heiligt die Mittel oder so.«

Daniel barg sein Gesicht in den Händen. Das würde niemals gut gehen. Es musste doch einen anderen Weg geben, irgendwie.

Niko kratzte sich am Bauch und gähnte. Lesen machte ihn immer müde, und die Tatsache, dass seine Uhr tickte – im wahrsten Sinne des Wortes –, half nicht unbedingt. Das würde sich aller Wahrscheinlichkeit nach zwar gleich ändern, doch für den Fall der Fälle, dass es schief ging, wollte er sich nicht zu viele Hoffnungen machen. Doch wenn er sich nicht täuschte, dann würde er gleich zwei Probleme mit einem Satz lösen. Okay, gut, er würde vielleicht mehr als einen Satz brauchen, um diese Probleme zu lösen, doch wer achtete schon zu genau auf solche Details. Wichtig war doch nur, dass Jens ihm das Leben retten würde – auf die ein oder andere Weise.

Niko lachte. Wer hätte gedacht, dass sich noch mal alles so drehen würde? Dass sein Leben nicht schon vorbei war, bevor es richtig angefangen hatte. Und das nur, weil seine Schwester ihn mit aller Macht hatte retten wollen. Wie töricht von ihr. Sie würde schon sehen, was sie davon hatte. Manche Lektionen ließen sich eben nur durch Schmerz lernen, und das war eine davon.

Das würde seine Geschwister lehren, sich mit ihm anzulegen. Ein für alle Mal würden sie einsehen, dass er über ihnen stand, dass sie ihm nichts konnten, dass er unantastbar war. Aus Neugier, wie sich seine Sanduhr ändern würde, platzierte er sie prominent auf seinem Schreibtisch, damit er sie im Blick hatte, wenn er schrieb. Er wollte sehen, was geschah, wollte sehen, wie sich der Sand wieder auffüllte und sich seine Lebenszeit vermehrte, anstatt zu verringern.

Nikolas atmete tief durch, ließ noch einmal die Knöchel seiner Finger knacken, bevor er seinen Füller zur Hand nahm und schrieb. Die Feder kratzte etwas auf dem Papier, als er sie rasch und ohne zu zögern über die Seite zog. Wort für Wort erschien in glitzerndem Rot auf dem weißen Grund, wartete nur darauf, die Magie, die in ihnen schlummerte, wirken zu lassen. Niko lächelte, auch wenn er angestrengt und konzentriert war. Er durfte jetzt keinen Fehler machen, nicht schlampig schreiben. Jede Lücke in seinem Schreiben könnte zum Scheitern seines Vorhabens führen – und dafür blieb ihm nicht mehr genug Zeit. Er schrieb so sauber wie noch nie in seinem Leben. Dass er doppelt, nein, dreimal so lang brauchte wie sonst, hinderte ihn allerdings nicht daran. Es ging hier um sein Leben. Da konnte er sich ruhig etwas Zeit lassen und sorgfältig arbeiten, fand er.

Die Worte waren noch nicht richtig getrocknet, als er sich zufrieden im Stuhl zurücklehnte und seine Sanduhr beobachtete. Als sie zu leuchten begann und der Sand sich wieder auffüllte, erklangen entsetzte Schreie. Nikolas lächelte. Sein Plan hatte funktioniert.

19.

Es hatte geklappt. Es hatte tatsächlich geklappt. Niko lachte befreit und auch erleichtert auf. Gut, er hatte gehofft, dass sein Plan aufgehen würde, doch ein Rest Zweifel war geblieben. Zu sehen, wie sich seine Sanduhr auffüllte und er Lebenszeit gewann, erfüllte ihn mit Erleichterung. Er würde noch nicht sterben, seine Zeit war noch nicht gekommen. Angespannt schloss er die Augen und horchte in sich hinein, wollte herausfinden, ob er ein schlechtes Gewissen verspürte, denn immerhin hatte er sein Leben auf Kosten eines anderen verlängert. Allerdings empfand er keine Schuld. Entweder war er schon so abgestumpft, dass es ihm nichts mehr ausmachte, oder er hatte sich mittlerweile daran gewöhnt, die Stimme seines schlechten Gewissens zu ignorieren. So oder so hatte er gewonnen, und nichts und niemand würde ihn jetzt noch aufhalten können, so viel stand fest.

Die Schreie im Zimmer unter ihm nahmen ein abruptes Ende, eilige Schritte erklangen. Niko hob eine Augenbraue. Wollten sie ihn zur Rede stellen? Mit ihm schimpfen und ihm erklären, dass er zu weit gegangen war? Nicht, dass er das nicht selbst wusste, doch es war ihm egal. Sein Leben hatte auf dem Spiel gestanden – sie hatten ihm keine andere Wahl gelassen. Ihr Entsetzen war ja ganz nett und sicher auch nicht ohne Grund, dennoch durfte seine Entscheidung die beiden nicht sonderlich überraschen. Immerhin hatten sie ihm seine Rettung auf dem Silbertablett serviert. Zwar hatten sie sich das vielleicht anders vorgestellt, doch das war nicht seine Schuld. Niko faltete die Hände im Schoß und wartete. Dass Daniel und Kristina gleich in sein Zimmer

141

stürmen würden, war ihm jetzt schon klar.

Als die Tür mit einem ohrenbetäubenden Knallen aufgestoßen und an die Wand geworfen wurde, war Niko daher keineswegs überrascht.

»Ihr habt euch ja reichlich Zeit gelassen«, begrüßte er die drei, deren Gesichter Masken aus Zorn, Entsetzen und Fassungslosigkeit waren.

»WIE KONNTEST DU DAS NUR TUN?!«, kreischte Kristina, bevor Daniel oder Jörg reagieren konnten. »Das warst doch du, nicht wahr? Du hast ihn getötet! Du hast ihn umgebracht, damit er deine Magie nicht neutralisiert! Du hast sein Leben ausgelöscht, damit … damit …« Sie schluchzte und schlug die Hände vors Gesicht. Offensichtlich hatte er in Kristinas Augen selbst für seine Verhältnisse einen neuen Tiefpunkt erreicht. Niko schnaubte. Dieses melodramatische Getue nervte ihn. Hatte sie wirklich erwartet, dass er sich zurücklehnen und zulassen würde, wie er zu einem normalen Menschen wurde? Und womöglich noch starb? Sie würde lieber ihren Bruder opfern als einen Fremden, der ihr nichts bedeutete?

»Du hättest also einfach zugelassen, dass er mich zu einem normalen Menschen macht, ohne genau zu wissen, ob ich meine Lebenszeit zurückerhalte, und hättest mich sterben lassen?« Niko musterte sie spöttisch. »Das ist nicht sehr geschwisterlich, kleine Schwester. Ich dachte, ich bedeute dir mehr als ein dahergelaufener Kerl. Aber nein, du hättest mich wirklich sterben lassen!«

»Du wärst doch sowieso gestorben, auch ohne ihn!«, mischte sich nun Daniel ein. Auch in seinem Gesicht konnte Niko nur zu deutlich erkennen, dass er von der Tat seines Bruders mehr als nur angewidert war. »Du hast jemanden getötet, nur damit … nur damit du nicht als magieloser Mensch dein Dasein fristen musst.«

Niko zuckte mit den Achseln. »Und?«

»Und?! UND?!« Daniel schüttelte den Kopf. »Das kann

nicht dein Ernst sein! Wie sollen wir das irgendjemandem erklären? Wie sollen wir das Mama und Papa sagen? Du hast jemanden umgebracht! Einfach so!«

»Na ja, nicht einfach so .« Niko deutete mit dem Kopf zu seiner Sanduhr. »Ich hab mir da schon was dabei gedacht.« Ein wenig musste er über die Verwirrung in den Gesichtern der drei schmunzeln. Das Schauspiel, das sich ihm bot, war aber auch zu köstlich. Er genoss den Wandel von Verwirrung zu Unglauben zur Erkenntnis, warum er diesen Jens getötet hatte.

»Du hast seine Lebenszeit gestohlen«, stellte Jörg als erster fest, und klang dabei erstaunlich ruhig. »Du hast ihn umgebracht, damit du mehr Zeit hast, verkommen und scheiße zu sein.«

»Scheiße? Gleich so eloquent? Hätte es dich umgebracht, mal etwas mehr zu lesen und deinen Wortschatz zu erweitern und verfeinern?« Nikolas wusste, dass sie wütend waren und er sie nicht vorsätzlich reizen sollte. Allerdings war ihm das auch herzlich egal. Jörg konnte ihm nichts tun, seine beiden Geschwister würden niemals ihre Lebenszeit dafür opfern, ihm eine Lektion zu erteilen. Zumindest bei Kristina war er sich da ziemlich sicher. Daniel konnte er nicht einschätzen. Sein Bruder ließ sich oft zu Wettkämpfen hinreißen, aber wirklich schaden wollte er nie jemandem. Deswegen hatte er auch nie mit dem Verstand und dem freien Willen der Mädchen gespielt, um die sie, nun, gekämpft hatten.

Seine Skrupel reichten nicht so weit. Nikolas ging für seine Ziele auch schon mal über Leichen, wie er ja jetzt bewiesen hatte. Warum auch nicht? Immerhin hatten sie diese Fähigkeit, es wäre eine Schande, sie nicht zu benutzen.

»Du ... du ... DU FICKER!«

»Wow. Nicht mal richtig beleidigen kannst du. Vielleicht sollte mein Schwesterchen oder mein Bruderherz dir einen besseren Wortschatz verpassen. Sie sollten beide noch genug Lebenszeit übrighaben, um dich nicht wie einen Trottel klingen zu lassen, sobald du den Mund aufmachst. Wobei das eine Menge Spaß bremsen würde – es ist viel lustiger, wenn man das Gefühl hat, dass du gerade mal aufrecht gehen kannst.« Niko lachte, wusste aber genau, dass er provozierte. Er schlug die Beine übereinander und wartete ab, was nun geschehen würde. Sollte er sie vielleicht noch mal höflich an die Leiche erinnern, die sich ja irgendwo im Haus befinden musste? »Was habt ihr eigentlich mit dem toten Schwaben vor? Soll der jetzt vor sich hinvegetieren oder beseitigt ihr den noch?«

Die ertappten Gesichter seiner Geschwister verrieten ihm, dass sie darüber noch gar nicht nachgedacht hatten.

»Das ist typisch für euch! Ihr denkt nicht, ihr handelt einfach und wundert euch dann, wenn etwas schief geht.« Er schüttelte den Kopf. »Keine Sorge, Mama und Papa helfen euch sicher, notfalls schmeißen wir die Leiche in einen Fluss oder so.« Er zuckte mit den Achseln, was die Wut in den Gesichtern der drei zurückbrachte. »Stellt euch doch nicht so an. Unsere Vorfahren haben schlimmere Dinge getan – da kommt es auf einen Mord mehr oder weniger auch nicht mehr an.«

»Du bist … Du bist …«

»Was wird das?«, unterbrach Niko Jörg rüde, während die anderen beiden immer noch schwiegen. Es hatte ihnen wohl die Sprache verschlagen. »Schlechte Imitation von Rammstein? Oder kannst du dich nicht mehr an den Text erinnern und improvisiert nun?«

»HALT DEIN MAUL!«, schrie Daniel auf, was sie alle überraschte. Dennoch konnte sich Niko einen bissigen Kommentar nicht verkneifen und murmelte: »Das ist aber nicht von Rammstein, Brüderchen.«

»Du sollst dein Maul halten! Hast du nicht schon genug Schaden angerichtet?«

»Ist nicht mein Problem, wenn ihr euch reizen lasst«, erwiderte Nikolas. Was hatten die drei denn erwartet? Dass er voller Reue zu Kreuze kriechen würde? Sicher nicht.

»Alter!« Jörgs Eloquenz glänzte erneut durch Abwesenheit. »Ist das dein Glas? Deine Uhr?« Der beste Freund seines Bruders spähte an ihm vorbei auf den Schreibtisch. Nikolas widerstand nur schwer dem Drang zu klatschen und ihn zu loben. »Wieso ist die wieder so voll? Ihr habt doch gesagt, das funktioniert so nicht?!«, wandte er sich bestürzt an Daniel.

»Sollte es auch nicht …«

»… außer Niko hat etwas herausgefunden, was wir nicht wussten.« Kristina schluckte. In ihren Augen erkannte Niko Erkennen und Verstehen. »Dir ist es gelungen, weil er aus unser Counterpart-Familie kommt. Weil ich ihn auf dich geprägt habe. Nur deshalb konntest du … oder?«

»Keine Ahnung. Ja, ich dachte, er wäre auf mich geprägt. Ich wusste aber nicht, dass du da was mit zu tun hast.« Niko beugte sich ein wenig nach vorne. »Wieso eigentlich? Wolltest du mich wirklich retten, kleine Schwester? Mich? Das Monster von Bruder?« Er ließ sie nicht aus den Augen, suchte nach einer Reaktion, die ihm verriet, dass sie es nicht ehrlich meinte, doch Kristina nickte nur langsam. »Ja. Ja, ich wollte dich retten. Und dich aufhalten. Du hast den Menschen schon viel zu viel Schaden zugefügt, ich dachte … Ich dachte, wenn du keine Magie mehr hast und alles aufgehoben wurde, wirst du wieder der Bruder, der auf mich aufgepasst hat, als wir kleiner waren. Der mich beschützt hat. Der für mich da war.«

»Sicher, dass du mich nicht mit Daniel verwechselst, Schwesterchen? Ich kann mich nicht erinnern, jemals ein netter Bruder gewesen zu sein«, antwortete Niko. Das Verhalten passte eher zu Daniel, aber sicher nicht zu ihm. Als Jörg plötzlich nach vorne stürzte, rollte er mit seinem Stuhl zwischen ihn und seinen Schreibtisch.

»Geh weg! Geh weg! Ich will … Ich mach sie kaputt. Ich mach dich kaputt. DU WIRST BÜSSEN!«

»Alter, komm mal wieder runter. Du kannst hier nicht einfach Dinge kaputt machen, weil du's geil findest.« Niko trat nach Jörg und stieß ihn mit dem Fuß weg. »Finger weg von meinem Füller und meiner Uhr! Haben wir uns verstanden?«

»Nein.« Jörg spuckte Niko vor die Füße.

»Das ist widerlich! Mach das weg!«

»Zwing mich doch!«

»Ich könnte das, das weißt du, oder?«, fragte Niko und widerstand dem Drang, es sofort zu demonstrieren. Ein Gefühl sagte ihm, dass sie genau darauf warteten. Dass er ihnen den Rücken zukehrte, damit sie ihm die Uhr, den Füller und sein Notizbuch stehlen konnten, um ihn auszuschalten. Das würde er aber nicht zulassen. Niemals.

»Wir sind zu dritt und du allein. Du glaubst nicht wirklich, dass du eine Chance gegen uns hast, oder?« Daniel warf Kristina einen Blick zu und nickte. Langsam näherte sich seine Schwester von links, Daniel von rechts – und Jörg blieb unmittelbar vor ihm stehen. »Du kannst uns nicht alle gleichzeitig aufhalten.«

»Bist du dir sicher?« Ein böses Lächeln überzog Nikos Gesicht. »Ich würde nicht darauf wetten, wenn ich du wäre.« Ohne die drei aus den Augen zu lassen – oder zumindest versuchte er das –, griff er hinter sich und schleuderte seinem Bruder das Notizbuch entgegen. Vielleicht würde es an seinem Bruder abprallen – der Klügere gab ja bekannterweise nach, und selbst wenn nicht, würde es ihm einen kurzen Augenblick verschaffen, der genügen musste, sich gegen die anderen beiden zur Wehr zu setzen. Notizbücher ließen sich nicht zerstören, Füller und Uhr hingegen schon.

Wenn er den Gesichtsausdruck Jörgs richtig deutete, stand dieser kurz davor, ihm den Füller nicht nur zu zerbrechen, sondern ihn damit auch aufzuschlitzen – was ging, das wussten sie alle. Einer ihrer Vorfahren hatte mit seinem Füller jemanden getötet und das sehr bildlich festgehalten. Mittlerweile war das auch schon in einigen Hollywoodstreifen aufgegriffen worden, daher wäre diese Mordmethode für niemanden verwunderlich, vor allem nicht hier, in diesem Haus.

Niko streckte die Hand nach seinem Füller aus, wollte Jörg keine Möglichkeit lassen, ihm die Feder in den Hals oder ins Auge zu rammen – bei letzterem würde er nicht sterben, aber auf die Schmerzen hatte er keine Lust –, und behielt den besten Freund seines Bruders im Blick. Kristina würde ihm nichts tun, vielleicht treten oder ihn ohrfeigen, aber sicher nicht ernsthaft verletzen. Dafür hatte sie zu sehr versucht, ihn zu retten, wenn auch vergeblich. Aufgrund ihrer friedlichen Natur schenkte Niko seiner kleinen Schwester wenig Beachtung – die wirklichen Gegner waren Daniel und Jörg.

Was kein Fehler war, wie sich herausstellte, als beide Männer auf ihn stürzten und zu Boden warfen, oder es zumindest versuchten.

»Nimm das Glas! Nimm die scheiß Sanduhr und hau sie kaputt!«, schrie Daniel Kristina zu, die erstarrt auf das Knäuel Menschen am Boden blickte. »MACH ES ENDLICH KAPUTT UND SETZ DIESEM WAHNSINN EIN ENDE!«

Niko trat mit seinen Beinen aus, schlug so gut es ihm möglich war mit den Armen um sich, damit sie von ihm abließen. Vielleicht hatte er sie doch unterschätzt. Wenn er Pech hatte – und warum sollte ausgerechnet jetzt alles glatt laufen? –, würde Kristina doch diese eine Grenze überschreiten, von der er ausgegangen war, dass sie sie nicht übertreten würde.

»Lasst mich los!«, knurrte er, versuchte sich

herauszuwinden und seine Uhr zu beschützen, doch die beiden ließen es nicht zu. »Krissi, tu das nicht! Ich bin dein Bruder. Du liebst mich, das weißt du. Du willst meinen Tod nicht. Du willst nicht, dass mir etwas passiert!«

»Hör auf mit dieser Psychoscheiße!« Jörg schlug seinen Kopf gegen Nikos Stirn, was wohl nicht die klügste Idee gewesen war, wie er selbst zu bemerken schien. Er musste die Augen schließen, wäre getaumelt, wenn die Situation es zugelassen hätte. Niko verkniff sich das gehässige Lächeln nicht, das wohl aber eher schmerzverzerrt war. Die Kopfnuss war nicht von schlechten Eltern gewesen und hatte ihm mehr zugesetzt, als er zugeben würde. »Lass dich nicht von ihm belabern! Wir müssen ihn aufhalten! Du siehst doch, dass er nicht mal vor Mord zurückschreckt!«

Kristina schlug die Hände vors Gesicht und schwankte. Nikos Mundwinkel hoben sich, es war, wie er gedacht hatte: Seine Schwester war nicht skrupellos genug, ihn umzubringen. Niemals würde sie ihm wehtun oder ihn töten. Dafür war sie zu gutherzig. Sein rechtes Auge schwoll langsam zu, dennoch konnte er noch allzu gut beobachten, wie Kristina zurückstolperte und an der Wand entlang zu Boden rutschte. Sie atmete schwer und kämpfte mit dem Schock – dachte sie wirklich, er würde so leicht aufgeben und sterben?

»KRISTINA! HALT DICH AN UNSEREN PLAN!«

»Ich … Dani, ich kann nicht. Ich kann nicht! Er ist doch … unser Bruder … Ich kann nicht!« Kristina kauerte sich zusammen, machte sich ganz klein. »Ich kann nicht … Ich kann nicht …«

Niko konnte Jörg fluchen hören, doch das war ihm egal. Die einzig wirkliche Gefahr ging also von den beiden Männern aus, wie er sich das schon gedacht hatte. Ein siegessicheres Lächeln zeichnete sich auf seinem Gesicht ab. Das würde einfacher werden, als er erwartet hatte. Mit aller Kraft, die er aufbringen konnte, trat er nach seinem Bruder und bemerkte, dass er erstaunlich viel Bewegungsfreiheit hatte. Jörg hatte ihn losgelassen. Niko bäumte sich auf, lehnte sich gegen den Griff seines Bruders, um zu sehen, was dessen bester Freund vorhatte.

»Du bleibst, wo du bist!« Daniel schien sich nur mühsam beherrschen zu können, ihm nicht ins Gesicht zu spucken. »DU BLEIBST DA!«

»Alter, hör auf so rumzuschreien«, nuschelte Niko. Langsam schwoll nicht nur sein Auge zu, sondern auch seine Lippe an und erschwerte ihm das Reden. »Ich hab keine Lust, das nachher Mama und Papa -«

»Denen wirst du nichts mehr erklären müssen!«, keifte Daniel und schlug Niko mit der Faust ins Gesicht. »Deine Zeit ist abgelaufen! Deine Spielchen haben hier und jetzt ein Ende!«

»Alter! Bist du dumm? Siehst du nicht, dass meine Uhr wieder voll ist?!« Niko drehte den Kopf etwas, um sich selbst noch einmal zu vergewissern, dass seine Worte stimmten. Als er Jörg an seinem Schreibtisch sehen sah, schauderte er. Angst schlich in sein Herz – wie hatte er sich so überrumpeln lassen können? Er war doch der körperlich überlegene, der stärkere, der gerissenere! Wie hatten die beiden Idioten es geschafft, ihn auszutricksen?

»ZERSTÖR ES!«

»NEIN!« Niko kämpfte gegen seinen Bruder an, unfähig, den Blick von Jörg und seiner Sanduhr zu nehmen. »Tu das nicht! Das ist … Du willst dich doch nicht des Mordes schuldig machen, oder?«

Jörg warf ihm einen düsteren Blick zu, den er nicht deuten konnte. Niko spürte aber, dass er die falschen Worte gewählt hatte und schluckte. Kristina hatte vielleicht noch Hemmungen gehabt, ihm etwas anzutun, Jörg aber sicher nicht, genauso wenig wie Daniel.

Doch was passierte, wenn die Uhr zerbrach? Oder der

Füller? Würde er sterben? Würde er zum magielosen Menschen werden? Es gab in den Aufzeichnungen ihrer Ahnen keinen Fall wie diesen, oder zumindest war über keinen geschrieben worden.

»Daniel, du kannst nicht zulassen, dass er das tut! Ich bin dein Bruder! Wir sind Familie! Bitte! Lass das nicht zu!«

»Für Betteln ist es zu spät. Wir sind Familie, sagst du? Hast du daran gedacht, als du mir ständig das Leben zur Hölle gemacht hast? Kristinas Freundin zerstört hast? Ist dir überhaupt jemand wichtig außer dir selbst?« Daniel ballte die Fäuste. »Ohne dich ist die Welt ein besserer Ort!«

»Ich bin dein Bruder!« Niko wusste, dass Daniel recht hatte. Ihm war nie jemand anderes wichtiger gewesen als er selbst, doch das würde er jetzt sicher nicht zugeben. Er musste einfach hoffen, dass noch genug Bruderliebe vorhanden war, damit Daniel Jörg daran hinderte, etwas Dummes zu tun.

»Am Arsch bist du!«

»Ja, das ist er wirklich«, kam es schadenfroh von Jörg, der wohl nur auf eine Art Stichwort gewartet hatte, um Nikos Füller auf den Boden zu werfen. Ohne Niko aus den Augen zu lassen, hob Jörg den Fuß und zertrat den Knochenfüller. Unbändiger Schmerz jagte durch Nikos Körper, ließ ihn aufbäumen, schreien. Das Zerbersten des Füllers schnitt ihm buchstäblich die Haut auf.

»Muss wohl ziemlich wehtun, wenn der eigene Knochenfüller zerstört wird.« Jörg griff nach der Sanduhr. »Mal sehen, was passiert, wenn die auch kaputt geht.«

»NEIN! Nein, tu das nicht, bitte!« Niko trat und schlug gleichzeitig nach Daniel, um sich zu befreien. Wenn der Verlust des Füllers schon so schmerzte, wollte er nicht wissen, was passierte, wenn die Sanduhr zerstört wurde. »Lass mich los, Daniel, lass mich einfach -«

»Schmeiß das Teil runter! Mach endlich!«

Jörg zögerte nicht und schleuderte die Sanduhr gegen die Wand.

Vor Schmerzen stöhnend kroch Niko über den Boden hinüber zu seinem Nachttisch, um sein Taschenmesser hervorzuholen. Er würde sich wohl oder übel erneut den Finger abschneiden müssen, um einen Füller zu formen – sie hatten ihm ja keine andere Wahl gelassen. Jede Faser seines Körpers protestierte, als er sich vorwärtsbewegte. Blut lief aus mehreren Wunden, Schweiß tropfte ihm ins Auge und sorgte für trübe Sicht, doch Niko gab nicht auf. Er würde sie nicht gewinnen lassen, er würde sich nicht so einfach besiegen lassen. Noch hatte er zehn gesunde Finger! Das waren zehn Möglichkeiten, sich einen neuen Füller zu beschaffen. Wäre doch gelacht, wenn – brennender Schmerz zwang ihn, in der Bewegung innezuhalten. Sein Herz verkrampfte sich. In seinem Inneren fühlte es sich an, als würden seine Organe schmelzen. Niko schrie.

»Was passiert mit ihm?«, konnte er Jörg panisch rufen hören – bekam da etwa jemand kalte Füße? Hatten sie nicht genau das gewollt? Ihn aufhalten, um jeden Preis? Niko spuckte Blut aus, krallte die Finger in den Boden, auch wenn er sich dabei mehr verletzte als dass er Halt fand. Die Schmerzen wurden immer unerträglicher, seine Stimme brach, wurde schrill. So gelitten hatte er noch nie! Fühlte sich so sterben an? Fühlte es sich so an, wenn die Zeit ablief?

Aber seine Zeit war doch noch gar nicht abgelaufen! Er hatte sich doch einen Puffer verschafft. Die Sanduhr war wieder voll gewesen. Niko durfte jetzt nicht sterben, das konnte nicht sein! Das war nicht fair!

Seine Lunge ertrank im eigenen Blut, als er erneut aufschrie. Es war mehr ein Gurgeln. Lange hatte er nicht mehr, das war Niko klar.

»Macht doch was! Macht doch was!« Kristina

schluchzte, rutschte in seine Nähe, das konnte er hören, doch sie wagte nicht, ihn zu berühren. Hatte sie gedacht, sein Herz würde stehen bleiben und er wie ein Sack umfallen?

Ein wenig Genugtuung verschaffte ihm sein dramatischer Abgang ja schon, wenn er das Entsetzen seiner Geschwister durch ihr Schluchzen und Keuchen vernehmen konnte. Konsequenzen sind scheiße, ne?

Niko rang rasselnd nach Atem. Seine Lunge versagte allmählich. Keuchend schnappte er nach Luft, hatte das Gefühl zu ersticken – und tat es schlussendlich auch.

»Er ertrinkt im eigenen Blut!«, waren die letzten Worte, die er hörte. Kristinas Stimme verklang und mit ihr die Welt.

20.

Wieso … Wieso ist er …« Kristina starrte entsetzt auf die Leiche ihres Bruders. Nikolas lag vor ihnen, leblos, in seinem eigenen Schweiß und eigenem – darüber wollte sie eigentlich nicht zu genau nachdenken. »Wir haben ihn getötet. Wir haben unseren Bruder getötet!«

»Willst du mich verarschen, Krissi?! Wir hatten keine andere Wahl! Wir mussten ihn aufzuhalten! Genau das haben wir getan!« Jörg trat auf sie zu, was sie unwillkürlich zurückweichen ließ. Ganz sicher wollte sie sich jetzt von niemandem anfassen lassen. Sie hatte ihren eigenen Bruder getötet. Hatte zugelassen, dass er starb und nichts unternommen, um sein Leben zu retten. Niko war tot, und sie war schuld daran.

Irgendwie.

»Krissi, hör mir zu.« Daniel schubste Jörg etwas zur Seite und griff nach ihren Händen. »Wir haben getan, was wir tun mussten. Wir haben ihn aufgehalten. Alles wird gut.«

»Alles wird gut?« Sie hob den Kopf. »ALLES WIRD GUT?!« Mit einem wilden Aufschrei, einer Mischung aus Verzweiflung, Trauer und Wut, entriss sie ihrem Bruder die Hände und trat kopfschüttelnd einige Schritte zurück. »Wir haben … Blut an unseren Händen. Unser eigenes Blut. Wie kannst du so ruhig bleiben? Wie kannst du das einfach so hinnehmen? Wir haben ihn getötet!«

»Genauer gesagt habe ich ihn wohl getötet, das macht euch also nicht zum Brudermörder«, mischte sich Jörg ein. Kristina verengte die Augen, als er das sagte. Unrecht hatte er nicht, dennoch lastete die Schuld schwer auf ihr. Wieso hatten sie nicht mehr versucht? Hatten ihn nicht anders gestoppt oder mit ihm geredet? Vielleicht hätte er ja freiwillig zugestimmt, wenn sie ihm die Zeit gelassen hätten. Sie waren heute zu Mördern geworden, Verrätern am eigenen Blut. War das nicht eine Sünde? Hatten sie noch mehr Schuld auf sich geladen als durch ihre Vorfahren sowieso schon?

»Ja! Du hast ihn getötet, und wir haben dich nicht aufgehalten. Also sind wir genauso schuld wie du.« Kristina schüttelte den Kopf. »Das ist alles nicht richtig. Das ist alles … Das ist …« Sie wusste nicht, was sie sagen sollte. Die Worte blieben ihr im Hals stecken, Verzweiflung und Trauer lähmten sie. Wie sollten sie das ihren Eltern sagen? Kristina biss sich auf die Lippe und schluckte die Tränen hinunter.

»Krissi, beruhig dich. Wir hatten keine andere Wahl, das weißt du. Wahrscheinlich rechnen Mama und Papa seit Jahren damit, und eigentlich weißt du das auch. Wir sollten unsere Zeit nicht mit streiten verbringen«, ermahnte Daniel seine Schwester. »Niko hat viel geschrieben – wenn wir das lesen und das Wichtigste rausschreiben, für die Nachwelt festhalten, können wir vielleicht kommende Generationen retten.«

»Was stimmt nicht mit dir?!«, schrie Kristina auf. Die Vernunft, die Gefühlskälte, mit der Daniel gesprochen hatte, diese Rationalität – das war zu viel für sie. Das konnte nicht sein Ernst sein! Niko war gerade gestorben, und er trauerte nicht eine Sekunde?! War ihm die Familie denn egal? »Ist dir denn egal, was -«

»Nein! Wir können es nun nicht mehr ändern, er hat es sich selbst ausgesucht. Seine Zeit war fast abgelaufen, auch wenn Jens … Damit hätte er lang genug überleben müssen. Das müssten genug Jahre gewesen sein.« Daniels Blick huschte zur zerbrochenen Uhr. »Wahrscheinlich steckt die Lösung für das, was passiert ist, irgendwo in seinen Aufzeichnungen und in denen unserer Ahnen.« Er deutete auf die Bücher. »Und ich bin mir sicher, dass er was gefunden hat. Sonst hätte er das mit der Lebenszeitüberschreibung nicht probiert. Immerhin haben wir als eine der ersten Lektionen gelernt, dass das nicht geht.« Daniel schluckte. »Und jetzt ging es doch! Nur … Ich nehme an, es funktioniert nicht mit jedem. Also muss Niko Details herausgefunden haben, und wir müssen diese Infos sammeln und bewahren.«

»Also … geht dir die Pflicht vor allem anderen?! Ist das … Wäre das bei meinem Tod auch so?«

»Mach dich doch nicht lächerlich!«, fuhr Daniel seine Schwester an. »Du weißt genau, dass ich mich … dass dein Tod mich mehr treffen würde. Aber wir wussten alle, dass Niko nicht mehr viel Zeit übrighatte und es nicht mehr lange dauern würde, bis er stirbt. Dass wir da jetzt ein wenig nachgeholfen haben – nun, das ist eigentlich nur im Sinne aller. Nun kann er zumindest niemandem mehr schaden.«

Kristina erschrak über die Kaltherzigkeit, mit der Daniel über Nikos Ableben sprach. Trauerte ihr Bruder wirklich nicht? Bereute er nicht, dass sie alle Mitschuld an dieser Tragödie hatten? Oder war es ihm schlichtweg egal?

»Sieh mich nicht so an! Wir haben gewusst, dass es so weit kommen würde. Mich überrascht es nicht, wieso auch? Und ich will auch nicht zu sehr darüber nachdenken.« Daniel warf Jörg einen auffordernden Blick zu, damit sein Freund ihm half. »Gib Mama und Papa Bescheid, dass es jetzt so weit ist. Also, mit Niko.«

Kristina schluchzte. Das konnte doch nicht sein Ernst sein? Allerdings schien es nicht den Eindruck zu machen, als würde Daniel noch groß etwas sagen wollen. Während die beiden durch die Aufschriebe blätterten, zog sich Kristina immer mehr zurück und verließ leise Nikos Zimmer. Sie konnte nichts mehr für ihren Bruder

tun, den einen, aber vielleicht für den anderen. Es musste
einen Weg geben, eine solche Katastrophe zu verhindern.
Daniel durfte sich nicht in den Tod schreiben.

21.

Ihr Herz war schwer, doch sie konnte nicht mehr weinen. Es gab einfach keine Tränen mehr. Niko war tot, und Daniels Leben noch immer in Gefahr – wie konnte sie da so tun, als wäre es in Ordnung, weiterzuleben? Kristina biss sich auf die Lippe.

Natürlich wusste sie, dass ihre Eltern auf den Fall der Fälle – also das Sterben ihrer Kinder – vorbereitet waren. Jede Generation war das, die in diesem Haus lebte. Schon vor langer Zeit hatten sie von ihren Eltern erfahren, dass es die Hauptlinie war, die diese Fähigkeit geerbt hatte. Cousinen, Tanten, Onkel – alles, was entfernt verwandt war, nicht ersten Grades, blieb davon verschont. Es hatte Zeiten gegeben, da war Kristina neidisch gewesen.

Jetzt gerade war so ein Moment.

Wenn sie diese Kräfte nicht hätte, wenn ihre Brüder normal wären, hätte keiner sterben müssen. Weder Jens noch Niko. Doch nun war es zu spät. Nun konnte sie nur noch eines tun: Daniels Schicksal verändern.

Kristina ballte die Fäuste, entschlossen schob sie ihre Trauer zur Seite. Sie musste sich konzentrieren, ihr durfte kein Fehler passieren.

Sonnenlicht tanzte auf ihrem Schreibtisch, erschuf eine Idylle, die trügerischer nicht sein könnte. Kristina fegte die leeren Dosen von der Arbeitsfläche, versuchte, ein wenig Ordnung zu schaffen, bevor sie sich an den Tisch setzte. Ihre Hand zitterte, als sie ihr Buch hervorholte, ihr Stundenglas und Briefpapier.

Dass sie immer noch Briefpapier besaß, war eine Art Running Gag unter ihren Brüdern gewesen, denn laut den beiden las niemand mehr Briefe, doch Kristina hatte sich davon nicht beeindrucken lassen. Sie hatte Briefpapier gesammelt wie die beiden Eroberungen.

Kristina atmete tief durch, bevor sie einen normalen Füller nahm und den ersten Brief begann. Vier würde sie schreiben, an Daniel, ihre Eltern, Jörg und Amelie.

Ein trauriges Lächeln stahl sich auf ihr Gesicht. Kristina hatte sich oft ausgemalt, wie sie ihre Gefühle für einen Jungen gestehen würde. Wie sie das mit einer großen, romantischen Geste unterstreichen würde. Es sollte so sein wie in diesen Liebeskomödien aus Hollywood, spektakulär und so großartig, dass ihre Gefühle einfach erwidert werden mussten.

Dass sie Jörg nun gestand, was sie für ihn empfand, indem sie ihm einen Brief schrieb, der zugleich jegliche Chance auf eine gemeinsame Zukunft ausschloss — damit hatte sie nicht gerechnet.

Es war das Schwerste, was sie je getan hatte. Diese vier Briefe zerrissen ihr das Herz. Die Angst, diesen, ihr so wichtigen Menschen wehzutun, die Gewissheit, ihnen Schmerz zu verursachen, erschwerte ihr das Atmen. Kristina hätte niemals gedacht, dass es sie so mitnehmen würde, diesen Schritt zu tun. Allerdings hatte sie auch niemals angenommen, das tun zu müssen. Wäre Niko noch am Leben, hätten sie eine andere Lösung finden können, irgendwie. Hätte er doch nur gewartet, sich nicht von seiner Gier auf diesen dunklen Pfad bringen lassen — es wäre alles anders gelaufen.

Doch so hatte Kristina nur noch eine Aufgabe: Verhindern, dass es Daniel auch so erging. Ihre Eltern konnten nicht noch einmal durch den langen Prozess der Ungewissheit gehen, indem sie nicht wussten, wann eines ihrer Kinder sterben würde. Dass das passieren würde, stand außer Frage. Von dreien konnte nur eines leben; eines starb früh, eines vermehrte den Reichtum, eines lebte lang und glücklich. Welche Rolle welchem Kind zugedacht war, war mittlerweile offensichtlich. Niko war das Kind, das früh starb. Daniel war das, das lange leben würde und sie – sie würde für Reichtum sorgen.

Dass sie dabei Daniel jegliche Entscheidungsgewalt abgenommen hatte, ignorierte sie. Es geschah zu seinem Schutz, da waren solche Mittel durchaus erlaubt und geheiligt durch den Zweck. Fand zumindest Kristina, auch wenn sie tief in ihrem Herzen wusste, dass ihr Bruder das nicht so sehen würde.

Doch dann würde er es nicht mehr ändern können.

Das Licht in ihrem Zimmer war immer schummriger geworden. Die Sonne hatte sich verabschiedet, war zu ihrem letzten Tanz des Tages aufgebrochen und ging nun langsam unter. Ihr rotes Licht fiel auf das Stundenglas und verstärkte das magische Leuchten des Sandes darin. Kristina lockerte die Schultern und ihren Nacken, knackte mit den Fingerknöcheln. Sie hatte nun beinahe vier Stunden an den Briefen für ihre Eltern, Jörg und Daniel geschrieben. Vier Stunden, in denen sie ihr Herz hatte fließen und ihren Gefühlen freien Lauf gelassen hatte. Vier Stunden, die sie emotional ausgelaugt und ausgetrocknet hatten.

Zufrieden, alles gesagt zu haben, was in ihrem Herzen brannte, verschloss sie die Briefe und schrieb die Namen der Personen, für die die Briefe bestimmt waren, auf die Umschläge. Den schwierigsten Teil hatte sie damit erledigt. Für einen kurzen Moment erlaubte sie sich, auszuruhen; lehnte sich zurück, den Kopf in den Nacken gelegt, die Arme lässig baumelnd. Was sie jetzt noch zu tun hatte, war einfach und gleichzeitig doch nicht. Nun musste sie Daniels Zukunft sichern. Wenn sie Jens richtig verstanden hatte, waren seine Schwestern für ihre Brüder bestimmt, während sie, Kristina, Nikos Tod und auch den von Jens zu verantworten hatte, weil sie die beiden zur Zusammenarbeit gezwungen hatte. Ohne ihre Einmischung wären vielleicht beide noch am Leben.

Sie konnte daher nicht zulassen, dass Daniel das gleiche Schicksal erlitt. Allerdings würde Kristina noch einen Schritt weitergehen. Ein Kind musste früh sterben, eines für Reichtum sorgen und eines lange leben. Wenn sie ihre Sünden bedachte, hatte sie es nicht verdient, lange zu leben. Daniel, dafür würde sie sorgen, würde lang und glücklich leben. Sie wünschte sich nur, dass sie es noch miterleben würde. Mit einem tiefen Seufzer, der die Last der gesamten Welt beinhaltete, richtete sich Kristina wieder auf, nahm ihren Knochenfüller und begann zu schreiben.

Ein brennender Schmerz jagte seinen Arm entlang. Auf seinem rechten Handgelenk erstrahlte ein Zeichen, das Daniel noch nie gesehen hatte.

»Alter, was los mit dir?« Jörg war beim ersten Keuchen Daniels stehen geblieben und sah seinen Freund verwirrt, aber auch besorgt an. »Hast du dich am Papier geschnitten? Oder willst du doch um Niko trauern? Ey, keiner wird dir einen Vorwurf machen. Er ist dein Bruder gewesen und nun … tot. Du kannst schon weinen, ich guck auch weg.«

»Ich wein sicher nicht wegen ihm«, fauchte Daniel, hielt

sich mit der linken Hand das Handgelenk und starrte auf die glühenden Linien. Wären sie bei Supernatural oder Buffy, wäre das ein Zeichen dafür, dass ein mächtiger Zauber gewoben wurde und er bis zum Nasenloch in der Scheiße stand. So aber konnte er sich keinen Reim darauf machen. Wer sollte ihm denn etwas anzaubern?

»Was'n das?« Jörg streckte einen Finger aus, um die Linien zu berühren. »Junge, das leuchtet!«

»Ja, ach was?« Daniels Laune sank mit jeder Sekunde Schmerz, die durch seinen Arm jagte. »Du bist ein echter Blitzmerker, hat dir das schon mal jemand gesagt?«

»Jetzt is' aber mal gut. Ich seh so was nicht jeden Tag. Nicht jeder von uns hat magische Kräfte. Was hat das zu bedeuten? Läuft deine Zeit ab? Markiert dich Niko aus dem Jenseits? Oder rächt sich Kristina gerade an dir?«

»Was hast du gesagt?« Mit einem Mal vergaß Daniel den Schmerz. Kristina. Natürlich. Warum war er da nicht selber draufgekommen? Wenn jemand einen Zauber auf ihn legen würde, dann sicher seine kleine Schwester. Wahrscheinlich glaubte sie, damit alles ins Lot zu bringen und ihn zu retten.

»Hä?«

»Kristina. Das ist Kristina. Scheiße. Sie macht was Dummes, das spür ich im kleinen Zeh.« Daniel sprang auf, die Bücher seines Bruders flogen zur Seite.

»Wieso? Leuchtet dein Zeh auch? Wieso sollte Kristina dich verzaubern?«

»Wahrscheinlich, weil sie glaubt, mir damit das Leben zu retten! Frag doch nicht immer so dumm!« Daniel vergaß jegliche Nettigkeit. Für ihn zählte nur noch, rechtzeitig bei Kristina anzukommen, bevor sie eine Dummheit tat – oder das, was sie angefangen hatte, zu Ende brachte. Er stolperte über ein Buch, Jörg konnte ihn eben noch festhalten. Ungeduldig schüttelte Daniel die Hand seines Freundes ab und stürzte zur Tür hinaus.

Kristina legte den Füller zur Seite und lächelte. Zwar hatte sie das Gefühl, nicht mehr genug Energie zu haben, um sich aufrecht zu halten, aber das brauchte sie ja auch nicht. Mit dem letzten, was sie geschrieben hatte, hatte sie dafür gesorgt, dass Daniel lange und magielos leben konnte, das Familienvermögen wuchs und sich die Tragödie des heutigen Tages nicht noch einmal wiederholen würde. Das Atmen fiel ihr schwer, es kostete einfach zu viel Kraft, doch mit jedem Zug schien die Tinte mehr zu trocknen und ihre Magie zu entfalten.

»KRISTINA!« Ihre Zimmertür wurde aufgestoßen, rücksichtslos drang Daniel ein. »Kristina, was hast du getan?«

Sie wandte den Kopf, lächelte ihren Bruder an, der sie entsetzt anstarrte.

»Krissi, sprich mit mir! Was hast du getan?« Er kam näher, so viel konnte sie noch erkennen. Ein Schleier legte sich über ihre Sicht, die nach und nach verschwamm.

»Das Richtige«, murmelte sie leise, bevor die Dunkelheit sie umarmte und mit sich nahm.

EPILOG

Marcel saß am Krankenbett seiner Schwester. Ihre schweren Atemzüge zeugten von dem Leid, das sie durchmachte. Mit mehreren Spritzen hatte man sie sediert, um zu verhindern, dass sie sich selber Schaden zufügte. Tobend und schreiend war sie auf dem Weg zu den Sommerfelds gewesen – etwas, das er verhindern musste. Marcel wollte und konnte nicht zulassen, dass seine Schwester noch einmal mit diesen Bastarden in Berührung kam, die ihr so viel Qual zugefügt hatten.

Gut, nicht alle drei Sommerfelds waren Abschaum, das wusste er. Kristina hatte sich immer gut um seine Schwester gekümmert, dennoch machte sie das nicht zu einer Unschuldigen. Wenn Kristina seine Schwester in Ruhe gelassen hätte, wären die beiden niemals Freundinnen geworden und Nikolas hätte aus Amelie nie ein – Marcel verbat sich den Gedanken. So wollte er nicht von seiner Schwester denken, egal, wie nah er damit an der Wahrheit war.

»Sie werden dir nichts mehr tun können, das verspreche ich dir.« Er seufzte und schloss die Augen. Hätte er auf den Deal mit dieser Teufelin eingehen sollen? Hätte das Amelie gerettet und vor Schaden bewahrt? Hätte er sich damit an den Brüdern rächen können?

Doch wollte er das überhaupt? War es nicht viel wichtiger, dafür zu sorgen, dass Amelie zur Ruhe kam und der Kontakt zu dieser Familie abbrach? Marcel wusste es nicht. Langsam verzweifelte er an dieser Situation und fragte sich, wann das Leben seiner Schwester und auch seines eine solche Wendung genommen hatte.

»Guter Schachzug. Aber bist du sicher, dass die beiden genug Rachegelüste in sich tragen, damit du die Früchte ernten kannst, die du versucht hast zu sähen?« In den Schatten hinter Marcel verbargen sich zwei Teufel. Einer von ihnen war die Dämonin, mit der Amelie einen Handel eingegangen war.

»Natürlich«, antwortete sie mit einem breiten Grinsen auf die Frage ihres dämonischen Bruders. »Sie steckt voller Hass, und er würde alles tun, um sie vor Schaden zu bewahren. Sie sind perfekt. Schade nur, dass sich die Sommerfelds aus der Affäre gezogen haben. Ohne die kleinen Schreiberlinge wird das Spiel wirklich etwas langweilig.«

»Dann wird es dich sicher freuen, dass ich mir einen guten Counterpart zu deinen beiden neuen Spielzeugen habe einfallen lassen.« Er kicherte, was die Dämonin zu einem Augenrollen veranlasste. »Ich freue mich sehr auf eine neue Runde mit dir. Die anderen waren ja eher langweilig; ich kam nicht wirklich zum Zug. Glaub mir, dieses Mal wird das anders sein.«

»Wenn du da mal den Mund nicht zu voll nimmst, Balthasar.« Sie zwinkerte ihm zu. »Wenn du glaubst, dass ich noch mal untätig herumsitze, ohne meine Figuren ins Spiel zu bringen, hast du dich getäuscht. Immerhin hast du damals, vor vielen, vielen Jahren dafür gesorgt, dass ich zu dem wurde, was ich jetzt bin. Oder hast du den Deal vergessen?« Mit jedem Wort war ihre Stimme kälter und unerbittlicher geworden.

»Nein, Margarete, ich vergesse das nicht. Niemals. Dank diesem Handel habe ich dich doch überhaupt erst kennen gelernt.« Er hauchte ihr einen Kuss auf die

Wange. »Lass uns ein neues Spiel wagen, Liebling. Ich bin gespannt, ob ich dieses Mal zum Einsatz komme.«

Ihre glühend roten Augen richteten sich auf das Geschwisterpaar. Eine gefährliche Zufriedenheit ging von den beiden Dämonen aus. Marcel hob den Kopf, als in seinem Kopf eine Stimme erklang: »Game on.«

Bonusgeschichten

Als Entschädgiung für die lange Wartezeit aufs Print - die drei folgenden Geschichten sind unveröffentlicht und nur hier in gedruckter From zu finden.
Danke für alles! Ich hoffe, sie gefallen euch auch in absoluter Rohfassung.

er hohe Schrei des Adlers, der über ihnen kreiste, ließ ihn schaudern. Andrew Miller legte den Kopf in den Nacken und sah in den grauen Himmel. Einzelne Sonnenstrahlen brachen durch die dichte Wolkenwand, ansonsten verhieß der Horizont als Bote des Tages zu werden: trist, grau, bedrückend. Die Fahrt zu diesem Hotel mitten im Wald war schon unter keinem guten Stern gestanden. Nicht nur, dass die Straßen wie Trampelpfade ausgesehen hatten, auch der Shuttlebus schien nur von Rost und Dreck gehalten worden zu sein. Andrew rümpfte die Nase. Vom Geruch im Inneren des Busses wollte er gar nicht erst anfangen. Er umklammerte den Riemen seiner Umhängetasche und sah sich nah seinen anderen mitreisenden um. Die junge Mutter, die mit ihrem Neugeborenen den ganzen Bus unterhalten hatte, schien heillos überfordert zu sein, Gepäck und immer noch plärrendes Baby zu koordinieren. Sein Blick wanderte über die schlanke, beinahe schon hagere Gestalt der Frau, die in ihrer farblosen Erscheinung mit der Umgebung zu verschmelzen schien. Mit dem Kind auf ihrem Arm und losen weißblonden Strähnen, die um ihren Kopf wehten, obwohl es windstill war, schien sie nicht von dieser Welt zu sein. Andrew runzelte die Stirn. Das Pärchen, das am Waldrand stand und kichernd Küsse tauschten, wirkten ebenfalls farblos und verschmolzen mit den düsteren Farben des Waldes und der braunen Erde.

Er schluckte trocken. Der Ruf des Hotels war ihm durchaus bekannt gewesen, als er die Fahrt gebucht hatte. Einst ein Tourismusmagnet, direkt an einem malerischen Wasserfall mitten im Wald, war es nun nichts anderes mehr als ein als Spukhotel verschrienes Bauwerk. Andrew seufzte leise. Er selbst war schon an vielen angeblichen Spukorten gewesen, um seiner Schreibblockade entgegen zu wirken und zumindest genug Material für eine Art Sachbuch über Lost Places, Geisterhäuser und deren

Mythen schreiben zu können. Wenn er seinem Agenten nicht bald etwas vorlegen konnte, würde er zurück in die Werbung müssen. Und das wollte Andrew absolut nicht. Das Marketing hatte ihm seine Seele ausgesaugt, so lange darauf herum gekaut, bis nichts mehr davon übrig war, und sie dann hochgewürgt und ausgespuckt, so dass er das verfluchte Elend von Versager war, das er nun einmal heute war. Andrew ließ sein Genick knacken, musterte das Hotel und zog überrascht die Augenbrauen zusammen. So gruselig sah es nicht aus, daher verstand er nicht, woher diese ganzen Geschichten kommen sollten. Vielleicht lag es am Wald, der mit dem grauen Himmel und dem aufgeweichten Boden alles war, aber nicht hübsch anzusehen. Andrew streckte sich noch einmal, dann ging er auf das Hotel zu. Die Holzstufen knarrten, die Eingangstür klemmte, dennoch war alles sauber und gepflegt. Neugierig sah er sich im Foyer um. Kein Staubkörnchen, das durch die Luft schwebte, keine Spinnweben, nichts, was an nachlässiges Personal hinwies. Allerdings gab es auch kein Anzeichen dafür, dass es überhaupt Personal gab.

Andrew ging hinüber zur Rezeption, seine Tasche schlug ihm mit jedem Schritt gegen den Oberschenkel. Er drückte die Klingel, die poliert glänzend auf der sauberen Oberfläche des Tresens lag, und wartete. Das Pingen hallte durch das Foyer.

»Vielleicht müssen wir uns die Schlüssel selber holen«, erklärte in diesem Moment eine helle Frauenstimme hinter ihm. Die junge Mutter stand hinter ihm und sah sich ebenfalls um. »Sieht nicht danach aus, als wäre jemand hier. Und ich würde so gern duschen und schlafen.«

Andrew nickte. Er konnte das nachempfinden. Die Reise in dem Bus war nicht gerade ein Vergnügen gewesen und ein wenig fröstelte es ihn. Abgesehen davon würde er gerne seine Tasche nach oben bringen und das

Hotel erkunden. Und natürlich auch die Umgebung, von der er auch schon einige Geschichten gehört hatte. Der Wasserfall, in dem Liebende ertrunken sein sollen. Der Wald, in dem Kinder verschwanden. Nur über das Hotel gab es nichts wirklich Besonderes, die üblichen Spukgeschichten eben. Hier und da eine Spukgestalt, Schreie, ein Weinen, Dinge, die sich von selbst bewegen – Andrew hatte nichts über dieses Hotel gelesen oder gehört, das er nicht schon von anderen Spukhäusern gehört hatte. Schritte ließen ihn herumwirbeln, die Tasche schlug erneut schmerzhaft gegen seinen Oberschenkel. Die Ecke seines Laptops bohrte sich ins Fleisch und er zuckte zusammen. Er hatte einfach nicht das Geld für eine größere und bequemere Tasche – da musste er wohl oder übel blaue Flecken und andere Blessuren in Kauf nehmen.

»Mir reicht's jetzt, ich hol uns unsere Schlüssel«, erklärte der junge Mann, der sich wohl nur widerwillig von seiner Freundin zu lösen schien. »Wir sind wahrscheinlich eh die einzigen Gäste, da können wir uns wenigstens die Zimmer aussuchen.«

»Ich möchte eine Suite, Schatz! Du weißt schon – groß und luxuriös.« Seine Freundin kicherte und das Geräusch zerrte an Andrews Nerven. Ihre Stimme war zu hoch, zu schrill, zu sehr auf mädchenhaft gemacht. Dass sie gekünstelt war, war jedem von ihnen offensichtlich, glaubte Andrew.

»Als ob ich dir weniger als das Beste geben würde«, murmelte ihr Freund und warf ihr einen Schlüssel zu. »Unser Herr Schriftsteller möchte auch Wünsche äußern?«

»Nö, hauptsache Bett und Bad. Reicht mir.« Andrew wollte sich nicht lang mit ihnen hier aufhalten, sondern endlich das Hotel erkunden und mit Schreiben anfangen. Abgesehen davon wollte er nicht dabei sein, wenn das Baby wieder schrie oder die beiden sich wieder gegenseitig auffraßen beim Küssen. Das war einfach nur ein widerlicher Anblick – und erinnerte ihn zu sehr an die Trennung von seiner Verlobten. Er fing den Schlüssel, der ihm zugeworfen wurde, ungeschickt auf und suchte den Aufgang zu den Zimmern im oberen Stock.

»Yo, kleiner Schreiber, die Treppen sind rechts von der Rezeption. Links führen sie in den Keller.« Der junge Mann warf auch der Mutter einen Schlüssel zu, die mit hoch gezogener Augenbraue zusah, wie er an ihr vorbei segelte und zu Boden fiel. »Fängste nicht, weil du nicht willst, oder was?«

»Klar. Ich lass nächstes Mal einfach mein Kind fallen!« Sie verdrehte die Augen. Andrew ging zu ihr, hob den Schlüssel auf und reichte ihn ihr. Kein Wort des Dankes, wozu auch. Andrew schnitt den drei eine Grimasse und ging nach oben. Zimmer 238, zweiter Stock also. Er gähnte, stieg die Stufen hinauf, hoch in den zweiten Stock, nicht ohne in den Flur zu spähen, ob er etwas Auffälliges entdecken konnte. Doch auch hier war alles penibel sauber, und wieder ohne Spur von Personal oder anderen Menschen. Andrew runzelte die Stirn. Hatten die Geschichten um das Hotel die Gäste vertrieben? Normalerweise war doch eher das Gegenteil der Fall. Andrew gähnte, und betrat den Flur im zweiten Stock. Auch hier war alles blitzeblank geputzt, und kein Mensch zu sehen. Er ging die Türen ab, suchte sein Zimmer. Vielleicht würde sich das Personal im Speisesaal zeigen. Oder im Keller, wenn er die Räume durchsuchte. Er konnte sich nicht vorstellen, dass sie ihn einfach so alles durchsuchen lassen würden. Endlich fand er die Tür, die zu seinem Zimmer führte. Andrew schloss sie auf, und betrat den Raum. Groß, mit dickem, weichen Teppich ausgelegt und einem Himmelbett war es durchaus gemütlich. Der Schreibtisch an der großen Fensterfront war spartanisch, schmucklos, würde aber seinen Zweck erfüllen. Andrew stellte seine Tasche auf den Stuhl und warf sich aufs Bett. Die kräftezehrende Leere in seinem Inneren, die sein Schreiben blockierte und ihn auslaugte, legte sich bleiern über ihn und ließ ihn müde werden. Sein Atem und sein Herzschlag waren die einzigen Geräusche, die er hörte. Andrew schloss die Augen. Was sprach eigentlich dagegen, einfach liegen zu bleiben und vor sich hinzuvegetieren? Oder zumindest ein Nickerchen zu machen? Das Hotel lief ihm nicht weg und die Geisterstunde war noch weit entfernt. Und da er zuhause auch nichts anderes tat, als zu schlafen und ab und an einen Werbetext zu schreiben, um seine Miete zu sichern, würde dieses Schläfchen ihn nicht umbringen.

Ein Crescendo an Geräuschen weckte ihn. Verschlafen richtete er sich auf, rieb sich die Augen und sah sich um. Andrew benötigte einen Moment, um zu verstehen, wo er sich befand. Das Hotel. Sein Buch. Stöhnend schwang er sich auf, bettete den Kopf in seinen Händen und atmete tief durch. Die Geräusche irritierten ihn. Kindergeschrei, Schreie der Ekstase und ein Flüstern, das ihn wahnsinnig machte, denn er verstand kein einziges Wort.

»Wann hab ich denn das Feuer im Kamin angemacht? Warte mal – seit wann ist hier ein Kamin?« Andrew verengte die Augen, sah sich verwirrt um. Er konnte sich nicht erinnern, im Zimmer einen Kamin gesehen zu haben, als er es betreten hatte. Und doch loderte neben dem Schreibtisch in einem Kamin ein wärmendes Feuer. Andrew stand auf und trat einige Schritte darauf zu. Das Flüstern verstärkte sich. Irritiert schüttelte er den Kopf. Damit hatte er nicht gerechnet. Plötzlich stob dunkler Rauch aus dem Kamin. Hustend wandte er sich ab, als er eingehüllt wurde und das Atmen ihm schwer fiel. Die Müdigkeit, die durch die Leere in seinem Inneren entstanden war und nie getilgt zu werden schien, drückte ihn nieder. Andrew hielt sich am Pfosten des Himmelbettes fest und rang keuchend um Luft. Eine weitere dunkle Wolke stob auf ihn zu, hüllte ihn ein. Andrew verfluchte den Kamin und den Wind, der dafür sorgte, dass er gerade geräuchert wurde. Das Flüstern wurde lauter, eindringlicher. Er schüttelte den Kopf, wurde die Stimmen aber nicht los. Genervt verließ er das Zimmer.

Das Flüstern wurde leiser, kaum hatte er den Flur betreten. Erleichterte atmete er aus und streckte sich. Sein Magen knurrte wie als Antwort auf das Flüstern. Das schrille, durchdringende Weinen des Babys und die Schreie der Verzückung weckten den Wunsch nach Oropax. Ob mittlerweile Personal an der Rezeption stand und sie dort so etwas hatten? Er würde es auf einen Versuch ankommen lassen.

»Was zur...?« Andrew blieb wie angewurzelt stehen. Statt hinunter zur Rezeption zu gehen, war er im dritten Stock gelandet. »Bin ich zu dumm, um die richtige Treppe zu nehmen?« Und führe dabei jetzt auch noch Selbstgespräche? Klasse. Er drehte sich auf den Absatz um und wollte wieder hinunter gehen, doch fand sich weiter im Gang des dritten Stockes wieder. »Okay, jetzt konzentrieren wir uns und gehen die Treppen runter!« Andrew kniff die Augen zusammen und tastete sich an der Wand entlang in die Richtung, in der er die Treppe vermutete. Als er nach einem duzend Schritten die Augen wieder öffnete, stand er weiter im Gang und noch entfernter vom Treppenhaus. Andrew kratzte sich ratlos am Kopf. Er hatte doch noch gar nicht mit Trinken angefangen, was war denn da nun los? So schwer konnte es ja nicht sein, zur Treppe zu gehen und ins Erdgeschoss zu laufen! Selbst im besoffenen Zustand schaffte er es, Treppen rauf und runterzukriechen.

Das Flüstern, das so leise geworden war, das er es nicht mehr wahrgenommen hatte, wurde wieder lauter und drängender. Andrew griff sich an den Kopf und stöhnte. Sein Stöhnen war allerdings nicht im Mindesten so voller Lust und Erregung wie das, was er aus dem Zimmer hörte, an dessen Tür er lehnte. Und auch wenn er wusste, dass es sich nicht gehörte und es ihn auch absolut nichts anging, was die beiden hinter dieser Tür trieben, so konnte er nicht anders. Er fühlte sich wie angezogen von den lusterfüllten, erregten Geräuschen – einer Mischung aus Stöhnen und wolllustigen Seufzen, hier und da ein Schrei der Erfüllung. Andrew schluckte trocken. Es war viel zu lange her, seit ... er schüttelte den Kopf. Okay, das letzte Mal, dass er ordentlich gevögelt hatte, lag so weit zurück, dass er quasi wieder Jungfrau war, aber wenn er sich jetzt davon beeinflussen ließ, würde er die beiden nachher noch fragen, ob sie ihn einluden, mitzumachen. Einen Dreier hatte er eh schon immer mal probieren wollen – wenn auch nicht unbedingt mit gekreuzten Schwertern. Allerdings war er so verzweifelt, dass es ihm egal war. Sex aus dritter Hand – und anders konnte er es nun einfach nicht nennen – war besser als gar keiner, fand er.

Er ging weiter in das Zimmer, stand im Durchgang zum Schlafzimmer und blieb stehen. Die rhythmischen Bewegungen auf dem Bett, die nackte Haut und der Geruch von Sex, der in der Luft hing, geilten ihn auf. Das ungestillte Verlangen, das auch Handarbeit nicht minderte, ließ ihn aufkeuchen – was das Paar nicht störte. Ungehindert vögelten die beiden weiter, als würde das Fortbestehen der Menschheit von der Vielzahl der Orgasmen abhängen, die die beiden hatten. Andrew schluckte. Er spürte, wie sein Glied steifer und härter wurde, je länger er zusah. Der Schweißfilm auf der Haut der jungen Frau lockte ihn. Andrew wollte sie berühren, den Geschmack ihrer Haut und das Salz ihres Schweisses probieren und auf seiner Zunge schmecken. Ein tiefes Stöhnen entwich ihm, was den beiden nicht auffiel. Wie auch – sie waren ja selbst laut genug dabei.

Funken stoben durch die Luft, berührte ihn an der Wange. Irritiert berührte Andrew seine Wange. Die Stelle schmerzte, und er konnte eine Brandblase unter seinen Fingern fühlen.

Der Schmerz geilte ihn noch mehr auf.

Andrew wusste, wie seltsam und abartig das war, aber er konnte nichts dafür. Seine sexuellen Vorlieben waren schon immer etwas anders gewesen – und seine Exfreundinnen hatten das nur zu gern betont. Er spürte, wie sich ein Lusttropfen löste und über seine Eichel rann. Dieses Mal war sein Stöhnen tiefer und lauter.

Weitere Funken stoben durch die Luft und brannten sich in seine Haut. Andrew lehnte sich gegen die Wand, ein Strudel aus Schmerz und Lust hielt ihn gefangen. Ein Feuer durchströmte ihn, breitete sich aus, floss durch seine Adern. Schweiß trat auf seine Stirn. Andrew berührte sich nun hemmungslos, sein Höhepunkt war nicht mehr weit entfernt. Schwer atmend schloss er die Augen, als ein wilder Schrei ihn aufschreckte.

Es war kein Schrei der Lust, der Verzückung gewesen. Sondern ein schriller, erschütternder Ausbruch des Schmerzes. Andrew öffnete die Augen. Der Kamin stand in Flammen. Das Holz hatte sich plötzlich entzündet und das Feuer brach sich ungehindert seinen Weg ins Zimmer. Andrew schluckte. Es dauerte einen Augenblick, bis er begriff, was hier geschah. Es war, als würden die Flammen nach dem Bett lechzen, als würden sie von dem kopulierenden Paar Besitz ergreifen wollen.

Er öffnete den Mund, wollte sie warnen. Wollte schreien, wollte eingreifen – doch er konnte sich nicht bewegen. Gebannt beobachtete er, wie dicker, schwarzer Rauch aus dem Feuer stieg. Wie Arme schossen sie nach vorne, gierig und bösartig. Das Flüstern, diese penetrante

Stimme, die er schon in seinem Zimmer gehört und die ihn aus eben jenem getrieben hatte, erklang lauter, drängender. Andrew ließ sich nur widerstrebend los und griff sich an die Schläfe. Das musste nur in seinem Kopf passieren. Das durfte nur in seiner Fantasie geschehen!

Er taumelte.

Die junge Frau kam lautstark. Ihr Schrei der Erfüllung ging in einem Gurgeln aus Qual und Schock über. Blut spritzte. Knochen brachen. Der Geruch gebratenem Fleisches erfüllte die Luft. Etwas klatschte an die Wand, direkt neben seinem Kopf. Andrew schluckte, würgte. Vorsichtig sah er zur Seite – ein Herz rutschte langsam die Tapete hinunter, hinterließ eine rote Spur. Während er beobachtete, wie es sich bewegte, entflammte es sich. Erschrocken wandte er den Kopf und bereute es sofort. Sie hatte sich bei ihrem Orgasmus aufgebäumt, er konnte sehen, wie sich ihr Rückgrat gebogen hatte. Das, was von ihrem Kopf übrig geblieben war, war nach hinten geworfen worden – ein Anblick, der ihn in Fleisch und Blut und in menschlicher Form selbst kommen hätte lassen. Nun konnte er durch ihren aufgerissenen Rücken auf den zerstörten Körper ihres Partners sehen. Es war, als hätte sie jemand an ihrer Wirbelsäule entlang aufgestemmt. Nein, als hätte jemand seine Klauen direkt durch ihren Rücken gejagt. Sein Blick wanderte über das Bett. Ihr Fleisch war überall darum verteilt worden – zumindest was davon übrig war. Andrew sah wieder nach vorne.

Und auf ihre Brüste, die am Kopfende des Bettes geschleudert worden waren. Die zerstörten Nippel glänzten, die Blutstropfen zierten sie wie seltene Edelsteine. Dieser Anblick erregte ihn. Mit viel Fantasie könnte es auch Wein sein, der an ihrer weichen Haut abperlte. Andrew leckte sich über die Lippen, als das Flüstern in seinem Kopf zu einem Crescendo anschwoll. Er presste die Hände gegen die Schläfen, versuchte die

Stimme aus seinem Bewusstsein zu drängen. Doch sie war laut, fordernd – und verstand kein verdammtes Wort.

Stöhnend ging er in die Knie, schrie seinen Frust, den Schmerz laut heraus und krallte die Hände in den Teppich. Andrew atmete tief durch, fuhr sich über das Gesicht und würgte. Was immer das Paar zerfetzt und verbrannt hatte, hatte den Teppich in Blut getränkt.

Blut, das er sich geradewegs ins Gesicht geschmiert hatte. Andrew zog sein Shirt hoch, wischte sich damit das Blut weg und rappelte sich auf. Das Feuer im Kamin war erloschen. Ruß hatte die Tapete verfärbt, Ruß und Organe. Sein Magen rebellierte, doch er schaffte es, das Zimmer zu verlassen, ohne sich zu übergeben. Er schluckte die Galle hinunter, lehnte sich gegen die Tür. Wem sollte er das melden? Was sollte er jetzt tun? Fliehen? Die Mutter und ihr Kind warnen? Drauf scheißen und alles niederschreiben?

Er raufte sich die Haare. Scheiß Situation.

Erneut erklang das Flüstern.

Andrew schrie vor Wut. Er wollte, dass es aufhörte. Stille erschien mit einem Mal nicht mehr so grausam und bedrückend.

Er entschied sich für die einzig sinnvolle Möglichkeit, um seine Ruhe zu haben. Er machte sich daran, das Hotel zu verlassen. Andrew eilte den Flur entlang – dieses Mal ohne wieder in einem Stockwerk zu landen, in dem er nicht sein wollte.

Andrew schlug mit der Faust gegen die Wand. Wieder war er in einem Stockwerk gelandet, in das er nicht wollte. Wie schwer konnte es sein, ins Foyer zu gelangen und aus diesem gottverdammten Hotel zu verschwinden? Er kam sich wie der letzte Vollidiot vor, wie er in diesem Flur stand und nicht wusste, warum.

Seine Kleidung war vom getrockneten Blut steif und klamm, seine Haut brannte, seine Laune sank. Sollte er warten, bis das Flüstern ihn wieder in eine Richtung trieb oder sollte er sich selbst auf die Suche nach dem Zimmer machen, das er betreten sollte?

An Zufall glaubte er auf jeden Fall nicht mehr. Offensichtlich hatte er hier mal wirklich ein Spukhotel erwischt. Andrew fuhr sich durch die Haare, schloss die Augen und wartete.

Kein Flüstern.

Er hob eine Augenbraue. Wartete.

Immer noch kein Flüstern.

Wut stieg in ihm auf.

Langsam setzte er sich in Bewegung. Vielleicht würde das ja das Flüstern hervorrufen. Oder vielleicht würde diese unsichtbare Macht, die das Hotel im Griff hatte, ihn gehen lassen. So oder so – Rumstehen war keine Lösung. Seine Hand strich die Wand entlang, während er Schritt für Schritt tat, Tür für Tür zog an ihm vorbei.

Kein Flüstern.

Ein metallenes Poltern ließ hin herumwirbeln. Eine Zahl war von einer der Türen gefallen. Ein spöttisches Schnauben entwich ihm. Das war nun wirklich mal was anderes. Widerwillig ging er zurück zu dem Zimmer und musterte die Tür. Die Zahl, die herabgefallen war, war nichts Besonderes. Doch die Nummer, die noch über blieb, ergab in der Summe eine Sieben.

Sieben Todsünden, sieben Leben – Andrew wusste jetzt nicht, warum das so besonders sein sollte und ihm fiel viel ein, womit man die Zahl assoziieren konnte. Er seufzte – dann öffnete er die Tür.

Das Hotelzimmer lag im Dunkeln – natürlich. Andrew straffte die Schultern und ging hinein. Immerhin vögelte hier offensichtlich niemand, wenn er nach den Geräuschen ging, die zu ihm drangen. Sauggeräusche, ein leises, konstantes Schmatzen – wenn er sich nicht täuschte und sich andere Gäste in diesem Hotel befanden, dann war er ins Zimmer der Mutter mit ihrem Kind getreten.

Und wenn die beiden nicht was sehr, sehr abartiges machten, war das nicht ansatzweise so unangenehm für ihn wie auf dem anderen Stockwerk.

»Hallo?«, fragte er in die Dunkelheit. Etwas flackerte. Wahrscheinlich eine Kerze – oder eine kaputte Lampe, wenn er den Zustand des Hotels richtig deutete. Vielleicht war das aber auch ein Zeichen der unbekannten Macht, die ihm damit quasi den Mittelfinger ins Gesicht drückte. »Hallo? Kann ich rein kommen?« Nicht, dass er nicht schon eingetreten war, ohne dass er die Erlaubnis erhalten hatte. Andrew ging weiter in das Zimmer hinein. Die schmatzenden Geräusche wurden lauter, und irgendwie beruhigten sie seine Nerven. Das war normal. Das war genau die Art von Normalität, die ihm ein wenig fehlte.

Erneut blieb er im Durchgang zum Schlafzimmer stehen und starrte auf das Bett. Die junge Mutter saß mit entblößter Brust da, ihr Baby saugte hungrig ihre Milch. Das flackernde Licht einer großen Stumpenkerze verlieh ihr einen übernatürlichen Schein. Sie wirkte ein wenig wie ein personifiziertes Abbild der heiligen Maria, wenn auch mit mehr nackter Haut.

Es war einmal vor langer, langer Zeit, da gab es sich, dass eine junge Frau dank eines verhängnisvollen Handels ihres Mannes mit einer Zauberin ihr Kind an eben jene verloren hatte. Das Kind, ein Mädchen, wuchs in einem hohen, türlosen Turm auf. Abgeschnitten von der Welt, fernab jeder Zivilisation – zumindest ging das Mädchen namens Rapunzel davon aus – wuchs nicht nur das Kind heran, sondern auch ihr Haar. Es wurde länger und länger, und die Zauberin, die das Mädchen als einzige Mutter kannte, nutzte es, um in den Turm zu klettern. Die Jahre vergingen, das Mädchen reifte zu einer jungen Frau heran, das Leben außerhalb des Turms änderte sich und die Zauberin besuchte ihre Ziehtochter immer unregelmäßiger.

Man musste ja auch als Zauberin mit der Zeit gehen! Man kann sich nicht nur auf seine Zauberkraft verlassen, sondern auch und durch die vielen, unterschiedlichen Möglichkeiten des Marketings war Gothel mit dem Aufbau ihrer eigenen Likör-Marke zu beschäftigt, dass Rapunzel sie bat, ihr selbst eine kleine Brauerei im Turm einzurichten, so dass sie ihre Mutter unterstützen konnte. Und auch wenn sie eigentlich nicht viel von Bier und Likören verstand, bevor Gothel ihr ein eigenes kleines DIY-Kit geschenkt hatte, war sie mit Feuereifer dabei. Sie bat die Ziehmutter um Rezeptbücher und schaffte es, sich ein Smartphone zu erbitten. Gut, ohne Kontakte und ohne Freunde konnte sie ja eh nichts damit anfangen, also war das für Gothel auch kein Problem. Sie hatte Rapunzel eine Partnerkarte besorgt, damit diese Internet hatte und im Netz nach Rezepten suchen konnte. Dass dabei irgendwie ein Schaden entstand, glaubte sie nicht. Wer sollte Rapunzel denn auch glauben, wenn sie erzählte, dass sie in einem Turm eingesperrt war? Bei all dem, was im Netz kursierte – Cinderellas Glasschuhkunst, Arielles Fundgrube aus dem Meer und den seltsamen Bildern, die Pocahontas in der Natur schoss, um auf Probleme hinzuweisen, die leider von ihrem spärlich bekleideten Körper überstrahlt wurden. Gothel ging davon aus, dass Rapunzel nicht mehr machen würde, als auf Enchanwitter und InstaFay Bilder und vermeintlich Tiefsinniges zu posten.

Nichts, was relevant wäre. Wenn ihre Ziehtochter aber neue Rezepte entwickelte, gewannen sie beide: Rapunzel war beschäftigt, und Gothels Lebensunterhalt gesichert.

Und für sehr lange Zeit sollte Gothel recht behalten. Rapunzel ging ganz in der Aufgabe auf, neue Liköre und Bier zu erfinden und verzieh der Zauberin die spärlichen Besuche – zumal der Lieferdienst, den Rapunzel mit Erlaubnis beauftragt hatte, ihr alles brachte, was sie brauchte. Schneewittchen hatte ihre Vögel gut trainiert, das musste man ihr lassen.

Was Gothel aber nicht wusste, und womit sie auch nicht gerechnet hatte, war, dass Rapunzel der Welt durchaus mitteilte, dass sie sich in einem Turm befand.

Aber nicht, um befreit zu werden.

Rapunzel gähnte. Im Hintergrund arbeiteten ihre Destillationsapparate und es wurde langsam Zeit, alles herzurichten und aufzubauen. Laut Uhr hatte sie noch zwei Stunden, bevor sie öffnete, und wie sie Schneewittchens Zwerge kannte, waren die schon eine Viertelstunde früher da. Wenn es um Bier ging, waren die Zwerge nicht zu stoppen – und ihr »Rapunzel Spezial« auf Rapunzelbasis war der Hit. Es kam so gut an, dass Schneewittchen ihr den Lieferdienst im Tausch gegen Bier zur Verfügung stellte, ohne ihr etwas zu berechnen.

Wenn man bedachte, dass sie das alles nur tat, weil ihre Mutter sich immer und immer wieder beschwerte, wie anstrengend die Gastronomie sei und dass sie so viel zu tun hätte, dass sie sie nicht besuchen konnte, war das mittlerweile ihr besonderes Geheimnis und machte ihr wahnsinnig Spaß. Dafür hatte sie auch ihre langen Haare geopfert und eine Leiter daraus gemacht – nicht ganz uneigennützig, nach dem Abschneiden fühlte sie sich unglaublich leicht und der Iro war ihr durchaus gelungen. Gut, die blauen Strähnchen waren vielleicht ein wenig zu viel, aber die wuschen sich ja raus.

Auf jeden Fall fand sie die Gastronomie nicht so schlimm, wie ihre Mutter immer behauptete. Im Gegenteil. Seit sie auf Enchanwitter von ihrer Turmbar geschrieben hatte und auf InstaFay ein Bild von ihrer improvisierten Theke gepostet hatte, war ihre Popup-Bar der Hit. Sie konnte die Biere und Liköre, die sie herstellte, an den Bewohnern des verzauberten Waldes testen, bevor sie sie ihrer Mutter präsentierte, und hatte so endlich mal Gesellschaft. Es war nur schwierig, das alles vor ihrer Mutter geheim zu halten. Wobei sie sich nicht vorstellen konnte, dass sie was dagegen hatte. Immerhin brachte Rapunzel ihr immer wieder neue Ideen. Bevor sie sich daran machte, die Dekoration aufzuhängen, schrieb sie auf Enchanwitter: »Countdown läuft! 2 Stunden noch, dann gibt's wieder Rapunzels Bestes!«

Zwei Stunden waren jetzt keine lange Zeit, aber der Tresen war leicht zusammen zu bauen – mittlerweile hatte sie ja Übung – und die Deko war auch schnell angebracht. Sie verzichtete auf aufwendige Beleuchtung. Kerzen, Diskokugel und Tücher über die Sessel – da blieb dann genug Zeit, die Getränke in den Kühlschrank zu packen und die Liköre aufzubauen. Sie hatte herausgefunden, dass gerade Zwerge und Kobolde sich durch geschicktes Beleuchten der verschiedenen Spirituosen beeinflussen ließen und mehr davon kauften. Ihr Styling brauchte da schon etwas mehr Liebe und Zeit – so ein Iro wollte ja mondän hergerichtet werden und wenn sie sich nicht dementsprechend schminkte, würde sich keiner mehr an sie erinnern. Und sie wollte, dass man sich an sie erinnerte. Rapunzel wollte, dass sie wie Cinderella, Arielle, Pocahontas oder Schneewittchen für etwas stand, an das man sich erinnerte. Und sie wollte ihre Mutter stolz machen. Irgendwie. Vielleicht kam sie sie dann öfters besuchen – oder nahm sie in die Welt mit hinaus, auch wenn der Zauber des Unbekannten verflogen war. Rapunzel hatte auf InstaFay Dinge gesehen, die sie sich niemals vorstellen hatte können. Und ein wenig war sie froh, davon in ihrem Turm weitesgehend geschützt zu sein.

Außer die Zwerge betranken sich zu sehr und versuchten die Feen abzufüllen. Dann konnte Tinkerbell auch schon mal die Kontrolle über ihren Feenstaub verlieren. Und diese Sauerei war echt nicht einfach zu beseitigen.

Rapunzel sah sich um. Die Theke stand, die Flaschen waren aufgestellt und das Bier gekühlt; jetzt konnte sie sich um sich selbst kümmern. Die Kerzen würde sie kurz vor dem Öffnen anzünden und die Diskokugel funkelte jetzt schon. Ihr Styling musste perfekt sein – immerhin würden wieder viele, viele Bilder geschossen werden und bei InstaFay landen. Da musste sie gut aussehen. Nein, sie musste fabelhaft aussehen. Vielleicht kam ja dann auch einmal eine der Prinzessinnen vorbei. Mit Cinderella oder auch Belle würde sie wahnsinnig gern mal treffen. Vor Arielle gruselte sie sich, aber das würde sie niemals offen zugeben.

Rapunzel stylte ihren Iro, legte dunkles, aber funkelndes Make-up auf und schlüpfte in ein nietenbesetztes, geschnürtes Kleid. Sie sah wild und verrucht aus, fand sie, nicht wie das brave Mädchen, das ihr Leben lang in einem Turm festsaß. Dass Mulan die Schminktipps ihrer Kupplerin online gestellt hatte und Alice diese verrückte Mode aus Wunderland nachschneiderte, verhalf ihr zu einem neuen Image, wenn sie die Bar öffnete. Rapunzel war ziemlich stolz auf sich. Schnell und routiniert zündete sie die Kerzen an und ließ die Leiter aus ihren Haaren hinab.

Fünfzehn Minuten vor der eigentlichen Öffnungszeit. Und keinen Augenblick zu früh, eher zu spät. Die Zwerge warteten schon, der brummeligste von ihnen klopfte bereits ungeduldig mit dem Fuß auf dem Boden. Rapunzel hob eine Augenbraue. Ein wenig nervte sie dieses Verhalten, aber über so kleine Eigenarten konnte sie hinwegsehen. So oft war ihre Pop-up Bar ja nicht geöffnet, da war das schon zu verkraften, wenn sie ihr den letzten Nerv raubten. Durch Tinkerbells Haarpuder überdeckte graue Haare, nicht dass man diese in ihren blonden Haaren sehen würde, und der Glitzereffekt in der Haarkreide war auch ganz nett. Die Welt ausserhalb ihres Turms war verlockend, zumindest was die Konsumangebote anging. Und die konnte sie ja genießen, ohne sich in Gefahr zu begeben. Als der erste Zwerge die Leiter hochkletterte – sein Ächzen holte sie wieder aus ihren Gedanken -, huschte sie fix hinter dem Tresen und stellte die ersten Flaschen auf das blank polierte Holz.

„Moin, Männer. Bier?", fragte sie, kaum dass der erste über den Fenstersims geplumpst war. Ein Nicken – die Kronkorken landeten auf den Tresen.

„Beschdes Bier, ge", seufzte einer von ihnen – Rapunzel hatte sich nie Gedanken über ihre Namen gemacht oder danach gefragt – und nahm einen großen Schluck. Zufrieden nickten ihr die anderen zu, und aus Erfahrung holte sie schon die nächsten Flaschen aus dem Kühlschrank.

Der Abend schritt voran, die Zwerge hatten kurz nach offizieller Öffnung Gesellschaft von den Feen bekommen. Tinkerbell flog in Schlangenlinien um die Köpfe der Zwerge und prallte immer wieder gegen die

Diskokugel. Fernstaub glitzerte durch die Luft.

Rapunzel seufzte. Diese Sauerei wegzumachen würde alles, aber nicht spaßig werden. Ihr Blick huschte über die Menge, die sich an ihren schillernden, exotischen und außergewöhnlichen Getränken erfreute – oder an ihren Bieten – und suchte das Gesicht einer der Prinzessinnen, denen sie auf InstaFay folgte. Wenn eine der prominentesten Gesichter InstaFays bei ihr etwas trinken würde, würden sie ihr beim nächsten Abend den Turm einrennen.

Vielleicht würde Mutter sie dann auch als Geschäftspartner akzeptieren. Oder ihr vielleicht zumindest Mal eine Tür schenken.

Aber leider war, wie sollte es auch anders sein, keine namhafte Prinzessin anwesend. Nur einige, nicht sonderlich bekannte und begabte – die Erbsen-Prinzessin, Wendy – auch wenn diese eigentlich keine echte Prinzessin war, sondern nur die einzige Frau ohne Flügel auf Nimmerland – und Rotkäppchen. Letztere hatte wieder einen Welpen dabei, was Rapunzel gar nicht gefiel. Aber was sollte sie schon sagen? Der große, böse Wolf begleitete sie Mal wieder, daher konnte sie nicht protestieren. War ja nicht für lang und nicht jeden Abend.

Das laute Wiehern eines Pferdes übertönte die Musik. Neugierig und auch irritiert sahen sie auf. Die Vögel, die schon für Schneewittchen und Cinderella gesungen hatten, verstummten schlagartig. Hook warf vor Schreck seine Hakenhand von sich.

Die Leiter bewegte sich. Die Knoten, mit denen sie am Fenstersims festgemacht war, rieben über den Stein. Rapunzel Griff nach ihrer Bratpfanne und kam hinter dem Tresen hervor. Sie hatte gelesen, dass Barkeeper immer ihre Gäste beschützen müssten. Und das würde sie auch tun.

Das Herz schlug ihr bis zum Hals, als sie sich

langsam dem Fenster näherte. Ihre Hand zitterte, aber sie versuchte, sich nichts anmerken zu lassen. Ein Scheppern, das Geräusch, das entstand, wenn Metall auf Stein prallte, weckte die schlimmsten Befürchtungen in ihr. Die Blicke aller auf sich wissend hob sie die Pfanne und machte sich bereit, zuzuschlagen.

Ein Kopf kam zum Vorschein, mühsam kletterte jemand in voller Rüstung über den Sims. Rapunzel zögerte nicht. Mit Schwung schlug sie dem Ritter die Pfanne gegen den Helm.

Scheppernd krachte der Helm auf den Boden. Der Mann, der zum Vorschein kam, schwankte, bevor er zu Boden sank. Einen Moment lang sagte keiner etwas. Ein oder zwei Zwerge rülpsten, Tinkerbell flog mit einem Fiepen gegen die Diskokugel und verteilte erneut Feenstaub, und Rapunzel hatte das Gefühl, dass man ihren Herzschlag nur allzu deutlich hören konnte.

»Was ... zur ...?« Der junge Mann rieb sich den Kopf. »Was ist gerade passiert?«

Rapunzel neigte den Kopf, antwortete aber nicht. Stattdessen hob sie erneut die Pfanne, während sie ihn betrachtete. Er sah gut aus – aber das sahen die Prinzen der Prinzessinnen auch aus. Das war irgendwie wohl ein Kriterium, damit man sich in eine solche glänzende Rüstung werfen durfte.

»Wer bist du? Was willst du hier?«, versuchte sie taff zu klingen, doch ihre Stimme war außergewöhnlich hoch. »Warum kommst du in deiner Rüstung in meine Bar?«

»Bar?« Der junge Mann blinzelte und sah sie an. Seine meergrünen Augen schienen direkt in ihre Seele zu blicken. »Ich bin hier, um die eingeschlossene Maid in diesem Turm aus diesem Turm zu befreien!«

»Oh.« Rapunzel schnitt eine Grimasse. Sie hatte ihre ersten jammervollen Enchanweets vergessen. Wochenlang hatte sie sich darüber ausgelassen, dass sie in diesem Turm festsaß und niemals in die echte Welt hinaus konnte. Aber da niemand zu ihrer Rettung herbei geeilt war, hatte sie sich auf anderes konzentriert. Sogar ihre Mutter hatte ihr geglaubt, dass die neue Frisur nur aus Langeweile entstanden war. »Ja, also – ne. Befreit werden muss ich jetzt irgendwie nicht mehr. Aber hey, danke, glaub ich.«

»Oy, ich kenn den! Des isch d' Sohn vom König vom Schloss an sellem See do'hana«, nuschelte einer der Zwerge in einem dieser seltsamen Dialekte der Außenwelt. Rapunzel nickte, tat, als wisse sie, wen er meinte.

»Ja! Und mein Vater erwartet, dass ich eine Jungfer in Not rette! Und sie zu meiner Frau mache!« Der junge Mann stand auf. »Gibt es hier eine Jungfrau, die gerettet werden muss?« Er sah sich um, während die über alle Maßen betrunkene Tinkerbell um seinen Kopf herumflog und sich auf seiner Schulter erbrach.

»Offensichtlich ja. Dich.« Rapunzel kicherte, senkte die Pfanne und ging zu ihrem Tresen. Sie suchte nach Servietten und reichte sie ihm. »Da. Mach dich sauber. Dann kriegst du ein Bier von mir. Dann suchen wir dir eine ... Jungfrau.«

»Danke.« Pikiert nahm er die Servietten entgegen. »Du bist dir sicher, dass du nicht gerettet werden willst?«

»Jep.« Rapunzel stellte ihm eine Flasche hin. »Mir geht's hier recht gut. Klar, ein wenig langweilig, aber ich hab hier meine Bar.«

»Willst du denn gar nicht die Welt da draußen sehen?«, fragte er und nahm einen Schluck. »Wow! Das ist echt gut!«

»Danke.« Sie erwiderte sein Lächeln. »Doch schon. Aber ich muss Mutter erst einmal um Erlaubnis fragen. Und regelmäßig die Bar öffnen – also, immer wenn ich neue Kreationen hab.«

»Musst du immer hier sein? Du hast doch ein Smartphone. Da kannst du deine Mutter doch fragen, wann sie wieder kommt. Bis dahin hab ich dich dann auch wieder zurück gebracht.«

»Was macht dich so sicher, dass ich mit dir mitkomme?« Sie hob eine Augenbraue, um zu vertuschen, dass ihr Herz wild schlug. Die Außenwelt sehen? Den Turm verlassen? Gegen die Regeln ihrer Mutter verstoßen?

Mit ihm?

»Weil ich ein Prinz bin. Und dich retten werde. Vor der Unwissenheit. Vor der Langeweile.« Er beugte sich vor. »Und ich werde dir die Welt zeigen. Dir die Geheimnisse des verzauberten Waldes offenbaren und -«

»Und was?«, wollte sie wissen, als er nicht weitersprach.

»Weiß nicht. Such dir was aus. Man, das Bier ist echt gut! Du musst definitiv hier raus und das den Königen der Welt servieren! Du wirst reich. Wir werden reich!«

»Wir?!«

»Klar. Wir werden die Welt bereisen, heiraten, reich werden, Bier brauen, über ein Königreich herrschen und Kinder großziehen«, erklärte er und leerte die Flasche in einem Zug. Rapunzel runzelte die Stirn, stellte ihm eine neue Flasche vor die Nase und schenkte sich einen Schnaps aus Feenstaub und Äpfeln ein. Das konnte ja heiter werden! Wie kam dieser Blechhaufen auf die Idee, sie retten zu müssen – auf seine echt unheimliche, komische Weise?

»Du wirst schon sehen. Du wirst froh sein, dass ich dich hier rausgeholt habe.« Er wackelte mit den Augenbrauen.

Rapunzel seufzte. Ihr Blick wanderte zu der Bratpfanne.

Wenn jemand sie rettete, dann sie sich selbst.

Vor ihm.

Und ihn vor sich. Was dringend nötig war, wie sie fand.

Unauffällig griff sie nach der Pfanne und zog sie näher zu sich.

r war tot.

Die Welt, wie sie sie kannte, versank im Chaos.

Elaine Van Helsing hob eine Augenbraue, als sie das schwere Pergament las, auf dem ihr mitgeteilt wurde, dass der Urvater aller Vampire tot war. Dass die Nachricht auf Pergament geschrieben wurde, war so antiquiert, wie der Orden im Vatikan, der sich dafür zuständig fühlte, die Aktivitäten der Vampire zu beobachten und zu dokumentieren, damit die Van Helsings ihre Jäger aussenden konnten, um etwaige Unruhestifter auszuschalten. Sie las weiter, und schnaubte spöttisch. Der Vatikan schien erstaunt darüber und es für eine unglaubliche Entdeckung zu halten, dass der Tod des Urvampirs nicht für die Auslöschung seiner Nachkommen und alle anderen durch ihn oder sie erschaffenen Kreaturen gesorgt hatte.

Das hätte sie den Priestern auch sagen können. Immerhin lebte eine von Draculas Bräuten auf ihrem Schloss. Elaine lächelte leicht. Dass ihre Familie Anyana zu sich geholt hatte, direkt aus dem Vatikan, unter dem Vorwand, mit ihrem Tod Dracula zu schwächen, war ein Glücksfall für sie gewesen. Sie, die unliebsame Tochter, die im Schatten des auserwählten Bruders gestanden hatte und ein einsames Dasein fristete. In Wirklichkeit war Anyana ein Versuchsobjekt geworden – und mittlerweile mehr ein Familienmitglied für Elaine als ihre eigene. Anyana hatte sich dem kleinen Mädchen ohne Furcht angenommen – und sie beide hatten die Leere im Herzen der anderen gefüllt.

Es klopfte.

»Herein!« Elaine ließ das Pergament senken und sah zur Tür. Die schwere Holztür, die mit Eisen beschlagen war und so typisch für das alte Herrenhaus ihrer Familie in London war, öffnete sich. Immerhin quietschten die Angeln nicht mehr. »Anyana, wie geht es dir?«

Draculas Braut, eine rumänische Prinzessin, die als erste von ihm verwandelt worden war und seit hundert Jahren bei den Helsings lebte, trat ein. Ihr mahagonifarbenes Haar schimmerte im Feuerschein des Kamins, ihre dunklen Augen funkelten. In ihren zarten Händen hielt sie eine Schachtel Kekse und das Spiel Triomino. Elaine schüttelte lachend den Kopf. »Ist dir langweilig?«

»Nun«, die helle, melodische Stimme der Prinzessin legte sich durch die Macht, die Draculas Biss ihr gegeben hatte, wie Samt über Elaine, »ja. Und da ich einen Verlust erlitten habe, wie du weißt, nehme ich an, dass du mir gerne etwas Trost spenden möchtest. Nicht, dass ich ihn nötig hätte. Vlad hat sich eh nie wirklich um mich gekümmert, sonst hätte er mich niemals in den Händen dieser vertrockneten Priester gelassen. Zudem ist mir wirklich langweilig.« Sie setzte sich Elaine gegenüber und legte beides auf den Tisch. »Der Vatikan hat dir geschrieben? Haben sie nun auch begriffen, dass mit dem Tod Vlads seine Linie nicht erlischt und wir weiterhin unter den Menschen wandeln?«

»Ja«, Elaine rieb sich die Schläfen. »Ich weiß nicht, wie Mutter und Vater das gemacht haben. Sie rauben mir mit ihren jammervollen Briefen den letzten Nerv. Und gerade jetzt, wo die Nachfolge auf den Thron nicht klar ist und sich jeder gerne selbst darauf setzen würde, sind sie besonders besorgt. Ich kann mich nicht zu offensichtlich einmischen und alle potentiellen Kandidaten ausschalten – das ist beinahe unmöglich.« Sie lehnte sich zurück und schloss die Augen. Der hohe Ledersessel war so unbequem wie die gesamte Einrichtung des Hauses, aber das Personal würde wohl einen kollektiven Nervenzusammenbruch erleiden, wenn sie etwas ändern würde. Es hatte lang genug gedauert, dass Elaine als neues Oberhaupt akzeptiert worden war, und selbst das war nur gelungen, weil Anyana jedem gedroht hatte, das schlagende Herz rauszureißen und zu zerquetschen.

»Deine Eltern waren von anderer Natur. Sie haben von Anfang an mehr Autorität besessen und weniger Skrupel. Wäre dein Bruder nicht dem Pakt zum Opfer gefallen, den Mina und Jonathan damals mit Vlad getroffen haben, und dem Abraham seinen Einfluss verdankt, dann wäre er jetzt an deiner Stelle.«

»Ja, mein toller Bruder. Du weißt, dass auch er als Nachfolger für den Thron in Frage kommt?« Elaine fuhr sich durch ihr langes, weißblondes Haar. Sie hatte sich oft gewünscht, der Pakt hätte sie und nicht ihren Bruder getroffen. Doch statt zum Vampir zu werden, als man ihr das Blut Anyanas verabreicht hatte, war sie zu einer Art Mischling geworden. Die Stärke und die Heilkräfte eines Vampirs, die Sterblichkeit des

Menschen und ihre Seele. Ihr Bruder hingegen war zu einem Vampir geworden, einem Reinblüter, der zusammen mit ihr Aufwuchs, aber mit jedem Jahr mehr zu einem Unsterblichen wurde. Die oberen Sieben, die engsten Vertrauten Draculas, hatten ihn mitgenommen und als einen der ihren aufgezogen. Seitdem hatte sie ihren Bruder nicht wiedergesehen und ihre Eltern hatten sie nicht gesehen, besorgt darüber, den Vampiren einen unreifen Bengel mitzugeben. Stattdessen hatten sie ihren Bruder nach all den strengen Regeln der Vampirgesellschaft erzogen und alles gelehrt, was er benötigte, um schnell aufzusteigen und ihnen als Mittelsmann zu dienen. Es war alles bestens geplant gewesen – bis sie ihn geholt hatten. Elaine schauderte.

»Du denkst an diese Nacht zurück, nicht wahr? Als ihr beide achtzehn wurdet und sie ihn geholt haben?« Anyana griff nach Elaines Hand. »Du kannst nichts dafür! Es ist nicht deine Schuld!«

»Ich weiß«, murmelte Elaine und drückte die Hand der schönen Vampirin. »Dennoch mache ich mich dafür verantwortlich. Mich, als Mädchen, hätten sie sich vielleicht nicht mit diesem barbarischen Ritual zu sich geholt. Sie hätten eher eine Art Bluthochzeit mit dem damals als Thronfolger gegoltenen Vampir veranstaltet, aber sie hätten mich nie dazu gezwungen, Vater und Mutter durch das Anwesen zu jagen und bestialisch zu opfern.«

»Niemand konnte das vorausahnen, nicht einmal mir war bekannt, dass sie das vorhatten. Das hatte es zuvor nie gegeben. Vlad hatte immer Wert darauf gelegt, dass die Übergabe für beide Seiten so wenig Schmerz wie möglich verursachte. Vielleicht war das schon ein Zeichen dafür, dass er dem Tod nahe war – er hätte deinen Bruder selbst geholt, wie er es immer getan hat.« Anyana neigte den Kopf. Die Übergaben waren die einzige Möglichkeit für die Vampirin gewesen, ihren ehemaligen Geliebten wiederzusehen. Einen Geliebten, der ihr nicht einen Blick schenkte. »Es widerspricht dem Vertrag, den Abraham, Mina, Jonathan und Vlad geschlossen haben, aber ich konnte mich nicht einmischen, durfte es ja auch nicht. Deine Eltern waren deutlich. Sie duldeten mich, weil ich ihnen mein Blut gab, dafür hielt ich mich aus allem raus. Außer aus deiner Erziehung.«

»Und die ist dir gut gelungen.« Elaine lächelte die Freundin offen an. Sie lächelte selten, hielt ihre Gefühle meist unter Verschluss, denn das Personal schien nur darauf zu lauern, dass sie eine Schwäche zeigte. »Ich frage mich«, sagte sie, während sie die Steine des Spiels verteilten, »ob mein Bruder es schaffen könnte.«

»Auf den Thron?« Anyana stellte ihr Spielsteine auf den Halter. »Ich bin mir nicht sicher. Zuzutrauen wäre es ihm, er wurde bestens dafür erzogen. Aber ob er sich durchsetzen kann, ist die Frage. Der Vatikan würde es nicht gutheißen. Sie wissen ja nichts von diesem Vertrag, nicht wahr?«

»Oh nein!« Elaine lachte. »Das würde sie in den Grundfesten erschüttern. Van Helsings, die mit Vampiren einen Pakt schlossen? Ihnen ein Kind gaben, das sich bis zur Volljährigkeit in einen Blutsauger verwandelte? Sie würden uns jagen.«

»Hast du schon einmal daran gedacht, ihnen zu erklären, wie es dazu kommen konnte und welche Möglichkeiten sich bieten?« Anyana legte den ersten Stein. »Die Zeiten ändern sich. Sie könnten es verstehen.«

»Könnten, müssen aber nicht.« Elaine machte ihren Zug und musterte die Steine vor ihnen. »Minas Erstgeborener, mit Vlads Blut im Kreislauf, und Abrahams Tochter gründeten die Helsing-Herrschaft, wenn man so will. Ohne Minas Sohn wären wir ja nicht so empfänglich für die Wandlung zum Vampir ohne zu Sterben und ausgesaugt zu werden. Dass wir dadurch auch stärker, klüger und widerstandsfähiger geworden sind, ist ein willkommener Nebeneffekt. Dass es mir dieses andersartige Aussehen verliehen hat – nun, daran lässt sich nichts ändern. Und du weißt, wir haben es oft genug versucht.«

»Oh, das Experiment mit dieser grünen Haarfarbe fand ich am besten!« Anyana lachte. »Du sahst so furchtbar aus – bis wir dir die Farbe ausgewaschen haben. Sie blieb einfach nicht drin.«

Elaine hob eine Augenbraue. »Nun, auf jeden Fall bin ich mir nicht sicher, ob sie das so gut finden würden.«

»Aber dass deine Jäger für sie die Drecksarbeit erledigen, das ist dann aber in Ordnung.« Anyana machte keinen Hehl daraus, dass sie die Priester, die für die Aktivitäten der Vampire zuständig waren, verachtete. Kleine, vertrocknete

Bücherwürmer, die sich nicht aus den schützenden Mauern heraustrauten, wie sie immer sagte. »Was schreiben sie denn noch?«

»Nun, es gibt Machtkämpfe. Meine Jäger in Rom und in New York haben Arenen entdeckt, in denen bis auf den Tod gekämpft wird, um den Sieger zum König zu ernennen. Ich habe mir überlegt, die russischen und asiatischen Vampire aufzustacheln und sie auf die amerikanischen und europäischen anzusetzen. Vielleicht rotten sich die stärksten von ihnen selbst aus.«

»Hast du schon dran gedacht, die Helsing-Vampire zu kontaktieren?«

»Nach allem, was mein Bruder angerichtet hat? Ich will keinen von ihnen hier im Haus haben. Wer weiß, was sie anrichten. Und wir haben zu viele Menschen auf diesem Anwesen, deren Blut sie verlocken könnte.« Elaine seufzte.

»Nun«, Anyana legte einen Stein. »wie willst du dann vorgehen? Du kannst dich entweder auf die Seite der Vampire stellen und ihnen helfen, sich selber neu zu formieren und gegen den Vatikan zu erheben, oder aber mit dem Vatikan enger zusammen arbeiten und die Vampire unter Kontrolle halten. Es ist wie bei dem Spiel – du kannst nur zwei Seiten im Griff haben, aber du kannst nicht alle drei Fraktionen im Griff halten. Der Vatikan verlässt sich darauf, dass du deine Jäger ausschickst, sobald sie Panik bekommen – und sie bekommen verdammt schnell Panik. Und die Vampire glauben, dass deine Leute die Bösen sind, weil ihr sie halt im Zaum halten müsst. Du musst dich entscheiden: kontrollierst du den nächsten Vamirkönig oder den Vatikan? Beides wird dir nicht gelingen.«

»Ich weiß nur nicht, wie ich die Vampire weitesgehend beeinflussen soll. Ich meine, ich habe Unfrieden und Unruhe gestiftet. Die asiatischen Vampire haben die Botschaft der anderen Vampire niedergebrannt. Die amerikanischesn Vampire jagen und häuten die anderen – es herrscht Chaos auf den Straßen der Unterwelt und Blut regnet vom Himmel. Der Vatikan scheißt sich in die Hose und ich weiß nicht, was ich tun soll.« Elaine machte ihren Zug und verzog das Gesicht. »Ich darf mich nicht offen selbst einmischen. Denn wenn ich das mache, muss ich mich mit ihm auseinander setzen.«

»Du weißt aber schon, dass die Helsing-Vampire hohe

Positionen in der Gesellschaft der Vampire inne haben?« Anyana riss die Kekspackung auf. »Du kommst also nicht drumherum, mit ihnen zu reden oder sie zu treffen.« Sie sprach undeutlich, Krümmel verteilten sich auf den Steinen. Elaine rümpfte die Nase, ein wenig ekelte sie sich nun vor den Triomino-Steinen. »Jacob, Walter, Maya, Arthur und – wie hieß die erste Tochter? Ach ja, Catherine ... die vier sind die ranghöhsten Vampire in der englischen Gesellschaft. Dein Bruder, William, hat es, wenn ich meine Spione richtig verstanden habe, noch nicht so weit nach oben geschafft, aber er macht wohl dem Jack ordentlich Konkurrenz mit seiner Grausamkeit.«

»Mein Bruder? Willi?«, fragte Elaine und konnte nicht verhindern, dass ihre Stimme zitterte. Bilder, Erinnerungsfetzen tauchten vor ihrem inneren Auge auf. Bilder von jener Nacht, in der Anyana sie versteckt hatte, und ihr damit das Leben gerettet hatte. Diese eine Nacht, die ihr den Bruder, nein, die ganze Familie genommen hatte. »Willi macht ...«

»William ist auf dem besten Weg, Jack the Ripper zu übertreffen.« Die Worte hingen unheilschwanger in der Luft. »Er ist sogar unter den Underground-Vampiren gefürchtet; jenen, die die Überreste der Templer jagen. William ist so brutal und grausam, dass sogar die Ältesten ihn fürchten.« Anyana klopfte gegen den Tisch, an dem sie saßen, und ein kleines Fach in der Tischplatte öffnete sich. Sie zog begierig das kleine Fläschchen mit der dunkelroten Flüssigkeit darin heraus und entkorkte es. Anyana sog den Duft, der aus dem Fläschchen kam, tief ein und seufzte wohlig. »Ah, ein guter Jahrgang.« Sie trank es in einem Zug leer. »Nun, auf jeden Fall ist er gefährlich. Du weißt, wozu er damals fähig war – er hat sich um ein Vielfaches seitdem gesteigert.«

Elaine senkte den Blick und starrte auf ihre Hände. Das Wappen ihrer Familie glitzerte im Schein des Kaminfeuers und der wirklich schlecht leuchtenden Lampe an der Decke. Die vielen Ringe an ihren Fingern funkelten und glitzerten, es waren die letzten Dinge gewesen, die ihre Mutter getragen hatte, als William sie in jener Nacht zerfetzt hatte. Wenn sie zu lang in die Diamanten blickte, glaubte Elaine das Blut ihrer Mutter darin spiegeln zu sehen. Seit dieser Nacht feierte sie ihren Geburtstag nicht mehr und betrat den Westflügel des

Hauses nicht mehr. Der Geruch von Tod und Unheil lag noch immer in der Luft, da war sie sich sicher. Die Schreie ihrer Eltern, die gurgelnd erstarben. Das Gelächter der Vampire, die ihren Bruder holen wollten, dass dann zu entsetztem Keuchen und Aufschreien wurde. Es war, als wäre sie wieder in dieser Nacht, in diesem Flügel, versteckt im Aschefach des Kamins, verdeckt von Anyana, unaufspürbar gemacht durch totes Blut. Eigentlich hätte sie dabei sein sollen, das war die Bedingung der Vampire gewesen, doch Anyana hatte durch ihre Spione erfahren, dass sie ein grausames Ritual geplant hatten, um William endgültig in ihre Reihen aufzunehmen. Vlad, so Anyana, hätte das niemals zugelassen. Daher war die Macht des Urvampirs wohl da schon gebrochen gewesen.

Es klopfte erneut. Anyana und Elaine wandten gleichzeitig den Kopf und sahen zur Tür.

»Elaine, du solltest jetzt herein sagen.«

»Oh, ja«, sie räusperte sich. »Herein.«

Die Tür schwang auf und der Butler der Familie trat ins Zimmer. Sein Gesicht war eine Maske aus Abneigung und Kälte. Er machte keinen Hehl daraus, dass er Elaine und Ananya verachtete. Die gesamte Dienerschaft wusste um die Absonderlichkeit, die Elaine durch das Blut der Vampirin erhalten hatte, und sie alle verabscheuten sie dafür, denn es machte sie zu etwas, was sie nicht verstanden.

»Charles, was gibt es?«, fragte Elaine und ärgerte sich, dass ihre Stimme einige Oktaven höher klang als sonst.

»Es kam ein Eilbote aus dem Vatikan. Mit Briefen.« Charles kam nur so nah wie möglich an die beiden Frauen heran, dass er die Umschläge problemlos auf den Tisch werfen konnte. Mehr Verachtung konnte er nicht zeigen, denn es würde ihn den Job kosten – oder sein Herz, Anyana war damals ziemlich deutlich gewesen.

»Oh Charles, mein kleiner Freund, das ist nicht nett. Du solltest deiner Herrin ein wenig mehr Respekt entgegen bringen. Aber ich weiß, dass du das nicht kannst. Du bist ja auch nur ein Mensch, nicht wahr?«, spottete Anyana, die Arme verschränkt. Ihre Augen leuchteten in einem dunklen, bedrohlichen Rot, als sie ihrer vampirischen Seite die Oberhand ließ. Elaine sah, wie Charles schluckte – entweder vor Angst oder weil er sich eine bissige Bemerkung verkneifen musste

– und entließ ihn mit einer ungeduldigen Handbewegung. Sie hielt den Atem an, bis die Tür hinter ihm ins Schloss fiel, wollte nicht, dass er sah, wie nervös sie die Briefe aus dem Vatikan machten. Elaine ärgerte sich über sich selbst. Dass sie sich noch immer von ihren Angestellten einschüchtern ließ, gefiel ihr gar nicht. Aber was sollte sie tun? Sie war nicht so stark wie Anyana und nicht so respekteinflößend wie ihre Eltern es gewesen waren.

»Du kannst natürlich versuchen, durch Starren herauszufinden, was in den Briefen steht – ich bin erstaunt, dass sie mal richtiges Papier benutzen! Sie mussten es echt eilig gehabt haben – oder aber du nimmst sie in die Hand, öffnest sie und liest, was drin steht.«

»Du hast ja recht«, murmelte Elaine zustimmend. Sie nahm die Briefe in die Hand und zögerte. Dann öffnete sie den ersten langsam und zerriss dabei das Papier des Umschlags. Schon bei den ersten Worten runzelte sie die Stirn.

»Elaine, es mag dich vielleicht erstaunen, aber ich kann keine Gedanken lesen. Entweder du sagst mir, was die kleinen Priester schreiben, oder ich les es selbst.«

»Ja, ist ja gut. Sorry.« Elaine räusperte sich. »Sie schreiben, dass William im Vatikan angekommen ist. Dass er die Schutzkreise durchbrochen ... und beim Papst eingebrochen ist.« Ihre Hände zitterten. »Was machen wir jetzt, Anyana?«

»Wir machen gar nichts. Du mobilisiert alle Jäger, die du in Rom hast. Sie sollen sofort Jagd auf ihn machen und wir sorgen dafür, dass Loredana oder Petruschka auf dem Thron landen.«

»Du willst eine der beiden anderen Bräute auf dem Thron sehen? Wirklich?« Elaine vergaß für einen Moment ihren Bruder und das blutige Chaos, das er anrichtete. »Warum?«

»Weil sie am mächtigsten sind und am ... naja, vernünftigsten. Die anderen Vampire sind noch nicht stark genug und haben auch nicht die Waffen einer Frau.« Anyana zwirbelte eine Strähne ihres Haares. »Sie können sich durchsetzen und im Machtkampf wird vielleicht mit viel Glück eine von ihnen sterben.«

Elaine blinzelte. Hatte sie das richtig verstanden?

»Schau doch nicht so entsetzt! Ich mag die beiden nicht, sie gehen mir auf die Nerven und brauchen viel zu viel

Aufmerksamkeit für das, was sie sind. Ich war die erste Braut, ich habe mein Schicksal freiwillig gewählt. Die beiden anderen nicht. sie haben sich von Gold und Macht verlocken lassen – und konnten dann nicht damit umgehen.« Anyana fuhr mit dem Fingernagel über die Tischplatte und hinterließ einen tiefen Kratzer. »Eine von beiden auf dem Thron würde für uns bedeuten, dass wir die Vampire kontrollieren können. Dann haben wir zumindest ein Problem weniger. Mit mir an deiner Seite haben wir die Macht über die Vampire und diese kleinen Priester, insofern dein Bruder sie nicht alle auffrisst.«

»Aber -«

»Elaine, du musst endlich dein Erbe annehmen! Du bist die herrschende Van Helsing! Du hast die Macht! Der Vatikan ist auf dich angewiesen, die Vampire haben Angst vot deinen Jägern! Nutz das endlich!«

»Und wie? Was soll ich tun?«, rief sie aus, sie hörte Blut in ihren Ohren rauschen. Eine Kraft, die sie immer nur spürte, wenn die Emotionen sie überwältigten, wenn sie das Gefühl hatte, zu ertrinken und keinen Ausweg zu finden. Doch Elaine fürchtete sich davor, fürchtete sich, was passieren würde, wenn sie diese Kraft annahm. Sie hatte Angst, was aus ihr werden würde.

»Nimm dein Erbe an! Du bist die wahre Erbin des Throns und das Oberhaupt der Helsings! In dir steckt so viel Macht und Potential, du solltest aufhören, dich davor zu fürchten!« Anyana war aufgesprungen, hatte sich zu Elaine vorgebeugt. Das Rot in ihren Augen brannte sich in ihre Seele, griff nach dieser Kraft in ihr und zog daran.

»Was machst du da?«, stöhnte Elaine. Sie fühlte, wie Anyana diese Macht wecken wollte, wie sie sie mit ihrer vampirischen Magie lockte und zu sich rief. »Was ist das?!«

»Dein Erbe! Nimm es endlich an!«, donnerte Anyana. »Nimm es an! Dann wirst du erkennen, dass ich recht habe! Dass es Zeit ist, endlich aus dem Schatten zu treten! Erkenne, wer du bist!«

Elaine schloss die Augen. Die Kraft reagierte auf Anyana. Sie wusste von der Prinzessin, dass Vampire einander telepathisch rufen konnten, wenn sie stark und alt genug waren. Doch warum konnte Anyana diese unbekannte Macht in ihr rufen? Was war sie? War doch mehr mit ihr passiert, als sie das Blut der Braut bekommen hatte? Was zum Teufel war sie?

Anyanas Blick ging ihr durch und durch. Wut, Hass, Gier, Hunger – Elaine stöhnte, als die Gefühle sie übermannten. Es war, als würde sie in einen Strudel aus Dunkelheit und Schmerz gesogen werden, solange Anyana sie fixierte.

»Nimm sie an! Nimm deine Kraft an! Und dann werden wir herrschen! Wir werden sie alle beherrschen!«

Elaines Hände krallten sich in die Armlehnen, verkrampften sich. Ihre Knöchel traten weiß hervor, ihr Blick verschleierte sich. Etwas Dunkles griff nach ihrer Seele, nahm sie in ihre Klauen und zerdrückte sie. Unbändiger Schmerz durchfuhr sie, stumme Schreie brachen aus ihr heraus.

»Nimm es an, Elaine! Nimm dein Erbe an!«

Tränen strömten über ihre Wangen, als Elaine spürte, wie etwas in ihr zerbrach und von dieser Dunkelheit, die gierig durch Anyanas Ruf an die Oberfläche gekommen war. Sie starb, das konnte sie fühlen. Ihr Herzschlag veränderte sich, schlug rasend schnell und schien in einem wilden Galopp auf das Ende zuzueilen. Ein Feuer brannte in ihr, das sich mit der Dunkelheit zu einem Crescendo des Schmerzes wandelte.

»Elaine, wehr dich nicht länger! Nimm dein Erbe an! Nimm es endlich an!«, schrie Anyana und die Dunkelheit gewann.

Elaine wusste nicht, wie lang sie bewusstlos geworden war. Doch als sie wieder die Augen öffnen konnte, hatte sich die Welt verändert. Ihr Herz schlug ruhig in ihrer Brust, ihr Körper fühlte sich geschmeidiger und kräftiger an. Es war, als wäre sie wie neu geboren. Eine wilde, ungezügelte Kraft brannte in ihren Adern, berauschte sie. Elaine riss die Augen weit auf und atmete tief durch.

»Was ist –«

»Du hast es endlich akzeptiert. Nun werden wir herrschen und Ordnung in das Chaos bringen, das Vlads Tod uns hinterlassen hat.« Anyana lächelte, das Rot in ihren Augen wirkte nicht mehr bedrohlich, sondern vertraut. Elaine erwiderte das Lächeln.

»Dann lass uns endlich die Throne besteigen, die uns zustehen. Zusammen werden wir die Welt verändern.«